KB103246

고영희(Sapiens)

보이지 않는 것들과의 대화를
즐깁니다.

<우리 아이의 일기 양육법>
<엄마를 위한 글쓰기 활용법>
<우리 아이의 일기 해독법>ʹ
<세상을 만나는 나>
<그날>
<머무는 시선>
<나를 만나는 시간>

화 양 연 화

화양연화

발　행 | 2023년 2월 16일
저　자 | 고영희
펴낸이 | 한건희
펴낸곳 | 주식회사 부크크
출판사등록 | 2014.07.15.(제2014-16호)
주　소 | 서울특별시 금천구 가산디지털1로 119 SK트윈타워 A동 305호
전　화 | 1670-8316
이메일 | info@bookk.co.kr

ISBN | 979-11-410-1625-8

www.bookk.co.kr

화
양
연
화

고영희 지음

프롤로그

이 책은
다양한 시선으로 바라본 일상을
여러 가지 형태의
글로 표현해서 엮은 책입니다.

또한
매일 새롭게 발견하고
느껴지는 감정들을 담아내기도 했습니다.

글이라는 것은
자신을 드러내기에
참으로 매력적인 매체 중 하나라고 생각합니다.

글을 쓰다 보면
매일 만나는 일상 속 모습들도
항상 다른 모습으로
우리와 존재하고 있음을 느낄 수 있기 때문입니다.

다양한 시선을 여러분과 함께
감상해보는 시간이 되길 바라봅니다.

고영희, Sapiens

CONTENT

화양연화
花樣年華

·

·

·

인생에서
가장 아름답고 행복한 시간

화양연화

인생에서 가장 빛이 나는 시절, 나의 화양연화는 언제일까? 아무리 생각을 더듬어 보아도 지금 이순간이다. 누구의 간섭이나 요구 없이 나의 의지로의 삶을 살아가는 이 시간이 나에게 가장 아름다운 시절이다.

누구나 가장 예뻤을 때를 묻는다면 외적인 모습을 떠올릴 것이다. 나는 외모보다는 내 삶이 가장 아름다운 시절이 떠오른다.

누군가의 사랑으로 태어나 세상을 선물해 주었다. 하지만 나는 이 세상의 주인처럼 살아오다 어느 날 갑자기 세상을 알게 되는 생로병사를 겪으며 세상은 나에게만 주어진 선물이 아님을 알게 되었다. 그런 의미에서 모두의 삶의 소중함을 알게 되었고 무의미한 삶이 없음을 깨닫게 되었다.

이 또한 나의 아픈 시절을 통해 알아차릴 수 있었다. 동전의 양면처럼 행과 불행이 함께 온다는 말처럼 말이다.

아이들이 자라서 독립을 하고 이제 오롯한 나만의 삶을 살아가는 지금이 내 인생의 화양연화이다. 이 시절도 한 철임을 알기에 맘껏 피어나려고 하고 있다. 다시 그리워 돌아가고 싶지 않기 위해 무엇이든 하고 싶은 것들에 도전하면서 살아가고 싶다.

그래서 해 보고 싶은 것들, 두드리고 싶은 것들을 해 보고 있다. 문은 어디든 열려있다는 사실을 몸소 느끼고 있다. 다만 용기가 없었을 뿐이었다는 사실을 다시금 느껴본다. '내가'라는 소극적인 마음이 발걸음을 붙잡고 있었다.

이 순간이 행복하다. 사랑하는 가족이 각자의 일을 열심히 하고 얘들의 걱정에서 벗어나 나만의 생활에 충실할 수 있음에 감사한 요즘이다.

감사함을 느낄 수 있는 사람은 행복한 사람이다. 그렇다. 그 행복함은 얼굴 위에 그려지고 상대에게 피어나기 마련이다. 그래서 우리는 예뻐졌다는 말을 간혹 듣기도 한다.

세상은 매 순간 무수한 일들이 일어나고 잔잔해지며 반복되는 파도 위에 존재한다. 그 파도 위에서도 우리가 웃을 수 있다면 우리는 자신만의 화양연화를 보내고 있다는 방증이다.

배려

배려

준비 없이
너의 배려와 만날 때
마음속 온기는 뜨거워진다.
어떤 말 없이도
서로 통하는 눈빛 하나로 대화한다.
작은 손짓과
세심한 마음이
상대의 감정 속에 피어나
사랑의 온도를
서서히 올려주기 때문이다.
추운 차 안의 온기가
따뜻한 아메리카노 한 잔으로
포근한 외투가 되어
보호막이 되어 주는 건,
그대의 사랑으로
난,
오늘도 온기 속에서 숨을 쉬기 때문.

품다

품다

무엇을 품었을까? 지나가는 강아지도 마음속에 무언가를 담고 살아가고 있겠지.

지금의 생활이 퍽퍽하고 놓아 버리고 싶을 때, 어느 젊은 시절 가슴에 품었던 그 무엇을 떠 올려보자.

누군가는 비참한 감정이 떠 오르기도 하고, 누군가는 나도 그런 시절이 있었네. 하면서 체념 아닌 체념으로 감정을 몰아간다.

하지만 우리는 과거 속에 존재하는 것이 아니다. 지금, 이 순간을 살아가는 것이므로 그렇게 낙담하지 말았으면 한다. 과거의 화려함이 영원하지 않듯 지금의 궁색함도 변화될 테니까.

지금의 내가 미래의 나를 만들어가는 것이다. 누구에게나 아픔은 지나간다. 누구에게나 태풍 속에서 헤매다 빠져나온다. 중요한 것은 그 회오리바람 속에서 있었던 경험을 어떻게 체험화 하느냐? 에 달려있다.

사실 생활이 괴로우면 그 어떠한 긍정적인 생각이 스며들기가 쉽지 않다. 여유가 없기 때문이다. 현실의 고통 속에서 희망을 가질 수 있는 이가 몇이나 될까?

하지만 누군가는 유배 생활을 하며 책을 쓰고, 감옥 생활을 하면서도 독서를 하며 자신을 강철로 만들어 내기도 한다. 그 모든 것이 선택의 문제이고 어떻게 생각하느냐? 는 생각의 전환 문제이다.

우리는 어떤 상황이건 마음에 무엇 하나쯤은 품을 수 있다. 그것이 무엇이든 우리 마음 한 켠에서 자라나 자신을 성장시키는 씨앗이 되길 바란다. 그 씨앗이 뻗어나가 풍성한 지성을 가진 우리가 되길 기대해본다.

품어보자. 힘든 현실 속일지라도, 그래야 내가 변하고 다시 일어설 수 있다. 내 일상의 소중함에 감사함을 느끼는 일이 무언가를 품고 살아가는 것이다.

만남의 시간

만남의 시간

닮은 듯 다른 색들의 조합
처음 만남이 어색하지 않은 이유는 뭘까?
함께 책을 읽고 생각을 나눈다는 것으로
외면보다 내면을 미리 알아차렸기 때문일까?
사연을 싣고 살아가는 우리는
어울려 살풀이로 풀어내며
조금은 숨 쉬며 살아가는 것인지 모르겠다.
그대들과의 시간이
이제는 기억 속 추억으로
흘러가는 삶의 시간.
때론 어린아이처럼 웃고
때론 섹시하게 춤을 추며
순수한 영혼의 벗으로
함께 한 찰라.
사진 속에서 살아 움직이는
그날의 추억을 바라보며
인사를 나눈다.
안녕?
안녕!

파랑

파랑

가슴이 답답할 때면 푸른 바다를 바라보며 잠시나마 시원함을 느낄 때가 있다. 답답함의 원인이 제거되지 않더라도 푸른 바다의 물살과 달려왔다 사라지는 포말들을 바라보다 보면 힘든 상황을 잠시 잊히게 된다.

여행객들도 바다를 바라보며 환호를 보낸다. 마치 푸른 바다와 인사라도 하듯. 내가 왔노라고.

제주에서 살고 있는 나는 바다를 자주 보게 된다. 차를 타고 이동하면서도 차창 밖으로 지나치듯 빈번하게 만날 때가 많다. 그럼에도 불구하고 푸른 바다를 볼 때마다 시원함을 느낀다. 파랑이 주는 선물일까?

때론 바다에 트라우마나 아픈 경험이 있다면 바다를 바라보는 것조차 아픔일 수 있겠다. 이처럼 바다는 수많은 사람의 감정들을 만나며 그 자리에 묵묵히 존재한다. 때론 욕을 듣기도 하고 때론 무심함을 성토

하기도 한다. 그러한 이유가 있을 것이다.

하지만 그 누가 그런 말을 모두 들어주며 마음을 다 독여줄까? 때로는 우렁찬 모습으로 바람에 휩쓸리면서도 때론 잔잔한 호수의 피아노 연주처럼 다가오는 푸른 바다. 그도 속상함이 있을 것이다. 안타까움이 있을 것이다.

무언가 삼켜버려야 할 상황이 왔을 때 당황할 것이다. 하지만 흐르는 순리대로 움직이는 바다는 선별하지 않는다. 자신도 어찌할 수 없음을 우리에게 알려준다. 자신은 무관한 일이라고.

내가 바라보는 마음이 어지럽고 속상하다면 바다는 그 소리를 듣는다. 그리고 바다를 그렇게 바라보게 되기도 한다. 때론 그런 마음을 떨치기 위해 바다를 찾아가기도 한다. 아이러니하지만 바다는 엇갈린 반응 속에서도 서로 만나 교감을 하고 헤어진다.

넓은 마음을 가진 바다임에는 틀림이 없구나! 생각해 본다. 잠시 쉬어가는 찰나에서 미소를 띠게 해주는 존재인 바다가 오늘은 나를 부른다. 파랑이 푸른 바다를 떠오르게 한다.

동지, 팥죽 먹는 날

동지, 팥죽 먹는 날

몽글몽글하게 피어나는
너를 기대했는데,
부서지고 흩어져 알아볼 수 없는 형체로
내 앞에 앉아 있는 너.
일 년 중 꼭 너만을 찾아 나서는 이들로 인해
오늘만큼은 보기 힘든 너.
지난밤 마트에 들러
너를 사 들고 왔지.
늦은 점심으로 만난 너의 형체는
겉을 벗겨내고
비워내고 보니
본래의 너는 어디 가고
비슷하게 생긴 녀석들이
네 모습을 하고 앉아 있더라.
새알심 대신
밤송이 알갱이들이 네 자리에서
숨 쉬고 있네.
눈이 오는 풍경을 바라보며

그 옛날 어머니가 만들어 준
너를 생각하면서
한술 떠서 맛을 본다.
세월이
어머니도
너의 맛도
모두 짊어지고
떠나가고 없구나!

체험

체험

무언가를 직접 해본다는 건, 떨림. 흥분. 설레임 등 많은 감정이 올라온다. 물론 부정적인 감정들인 화, 싫음, 도피 등의 생각도 하게 된다. 사람에 따라, 성향에 따라, 무엇인가에 따라 다가오는 느낌은 상이하다.

특히 자신이 바라는 일이라면 두손 두발 들어 열심히 참여하기도 한다. 하지만 어쩔 수 없이 해야 하는 경우라면 그 또한 스트레스가 되고 곤욕스러운 상황이 벌어질 수 있다.

학교나 단체에서 체험학습을 가게 되면 즐거움이 앞선다. 아이들을 보면 흥분해서 어찌할 바를 몰라. 하는 경우를 많이 본다.

그런데 명절 때나 집안일 체험은 어떨까? 흔한 예로 명절 증후군이라는 말이 나올 정도로 주부들이 받는 스트레스는 크다. 그리고 많이 변화되기는 해도 아직

까지 성평등이 안 된 집에서는 곤욕스러운 상황들이 많이 연출되기도 한다.

한 예로 명절 이후 이혼율이 가장 높다는 결과치를 보더라도 하나의 방증이 아닐까? 생각한다.

집안일도 하다 보면 재미있고 적성에 맞는 사람들도 있다는 사실을 알 수 있다. 중요한 것은 함께 한다는 데 의미를 두었으면 좋겠다.

계곡에서 고무매트를 타고 스릴을 느끼는 체험은 힘을 합치고 리듬을 맞추지 않으면 뒤집어지기 일수이다. 이처럼 여가생활뿐만 아니라 집안의 대소사들도 하나의 체험이라는 생각이 든다.

생각을 전환하면 흥미를 유발하고 재미있게 지낼 수 있다는 생각이 든다. 송편 만들기 체험도 민속촌에 가야만 할 수 있는 놀이는 아니다. 가족과 오순도순 앉아 이야기 나누며 음식을 만드는 체험도 가족애를 키워주는 또 다른 추억을 만들어줄 수 있다.

하지만 현실은 그렇지 않다.는데 심각성이 있다. 모든 일이 누군가의 희생을 요구하며 이루어진 것이라면 그것은 노동착취이며 사라져야 할 악습이기 때문이다.

명절은 여성들의 '노동의 날'이 아니다. 가족 친지들이 모여 덕담을 나누고 인사를 나누는 즐거운 자리가 되어야 한다. 사실 여성 스스로 자처하는 부분들도 있다고 생각한다. 변화란 누군가의 희생이 따르는 법이다. 그러니 '함께 하자'고 말해보자. 이번 설에는 모든 가족이 함께 차례상을 차리며 하하 호호 할 수 있는 해가 되길 바라본다.

동행

동행

새하얀 눈이 삶의 걸음으로 검어지듯
밝은 해도 집으로 돌아간 지 오래다.
그 자리를 대신해 발길을 밝혀주는 너
바람에 흩날리는 눈발의 모습을 잊지 말기를 바라는
불빛의 의지를 보여준다.
누군가에겐 다가가 희망의 눈빛을
누군가에겐 다가가 토닥이는 손짓을
어둠의 길을 걷고 걸으며
동행해 주는 너.
늦은 겨울밤,
바람과 눈발을 맞서는 길
쓸쓸한 마음은 네가 있어
외롭지 않네.

졸업식

졸업식

신영은 자신의 키보다 커다란 창문 앞에 뒷꿈치를 들고 서 있다. 까치발이 위태해 보이지만 작은 두 손으로 창문 밖 콘크리트 벽을 꽉 쥐고 있다.

그 시절 유치원에 다니던 친구들이 참 부러웠었다. 그곳에는 그네. 시소 등 놀이터가 유치원 앞마당에 있었기 때문에 가끔 지나치면서 타보곤 했었다.

어린 신영은 항상 유치원 안이 궁금했다. 그 안에서 무엇을 하는지 언젠가 구경을 해 보고 싶었다.

사실 그날도 유치원 내부를 살펴보는데 실패를 했다. 키가 작았기 때문에, 아무리 올려다 안을 보려고 애를 썼지만 아무 소용이 없었다.

가끔은 남아 있다 밖에서 아이들이 나오길 기다리기도 했다. 아이들은 모두 같은 옷을 입고 있었다. 기억을 더듬어보면 붉은색이 많았던 것 같다. 세일러복

비슷한 윗옷이 스친다. 혼자 시소 위에 앉아 놀고 있으면 아이들이 작은 가방을 어깨에 크로스로 매고 나왔던 것 같다.

어린 신영의 기억 속엔 그 아이들은 자신과는 다른 세계 속에 존재하는 아이들 같았다. 몇 명 되지 않는 아이들이지만 특별해 보였다.

그곳은 유치원이라는 곳이라는 사실은 뒤늦게 안 것이었다.

'어떤 아이들이 다니는 것일까?'

신영은 자신도 다니고 싶다는 생각이 들었다. 하지만 그런 일은 일어날 수 없다는 것을 잘 알고 있었다. 그냥 가끔 가고 오면서 구경하는 것으로 만족해야 했다.

그러던 어느 날 유치원에 행사가 있다는 소문이 있었다. 정말 그날은 예쁜 꽃들도 아이들이 들고 있었지만, 신기한 것은 머리에 모두 똑같은 모자를 쓰고 있었다는 것이다. 그들은 사진도 찍었다. 가족들과 삼삼오오 모여 이야기 나누는 모습이 참 따뜻하게 느껴졌다.

신영은 그냥 자신과는 다른 아이들이라고 생각했다. 그 시절 유치원을 다니는 아이들은 몇 되지 않은 선택된 아이들이라는 생각을 하고 있었다.

시간이 흘러 초등학교를 마치고 졸업식을 할 때 알았다. 졸업식에 찾아오는 사람들의 손에는 예쁜 꽃들이 들려 있었다. 간혹 단체 사진도 찍으며 장난도 치고 가족들과 짜장면을 먹으러 간다는 것을. 그 시절에는 그렇게 하는 것이 호사였다,

지금 생각해 보면 모두 가진 것이 적었지만 따뜻함이 느껴진다. 지금은 졸업식에 가족들이 가지 않는다고 한다. 자기들끼리 기념사진 찍고 맛있는 음식을 먹으러 가는 게 추세이다.

어린 신영은 유치원을 늦게 알았지만, 그리고 다녀보지 못했지만, 초등학교 졸업식 기억은 선명하게 남아 있다.

나이 듦의 자태

나이 듦의 자태

푸르던 잎이 시절 속에 존재하다
누런색을 띠기 시작한 지 오래다.
금방이라도 바스락거리며
부서져 내릴 것만 같지만,
그 자체로 작품이 되어
사람들의 시선을 사로잡는다.
연약한 줄 하나에 서로 연결되어
또 다른 삶의 모습으로 태어났다.
마치 아이가 성장해 노련한 노인의 모습인 양
삶의 이치를 가르쳐주는
줄을 타고 존재하는 드라이 플라워
천장에 매달린 채
자신들의 나이 듦의 자태를
뽐내고 있었다.
무엇 하나
흔들림 없이 존재하고 있구나!

일을 한다는 것

일을 한다는 것

결혼 초 아이를 안고 접종을 하러 가는 날이었다. 당시 우리에겐 차가 없었다. 혹시나 아기가 감기라도 걸릴까 봐 큰맘을 갖고 택시를 잡아탔다.

나는 자유롭지 못한 몸으로 차에 올라타느라 혹시나 지체될까 봐 신경을 쓰고 있었다. 그러나 기사님은 내가 의자에 앉아 정면을 바라볼 때까지 기다리시고는 시원한 목소리로 인사를 하시는 것이었다.

"어서 오세요. 저의 차에 승차해주셔서 감사합니다."

놀라기도 했지만 참 기분이 묘했다. 다시 한번 바라보았다. 이윽고 기사님은

"어디로 모실까요?"

라고 묻는데 나는 무척 대접을 받는 기분이 들었다. 기사님께 목적지를 이야기하였다. 그랬더니

"편히 모시겠습니다. 이곳은 작지만, 저의 사무실입니다. 저의 사무실에서 편히 계시면 목적지에 내려드리겠습니다."

라고 말씀하시는데 난 신선함을 느끼기 시작했다. 그리곤 기사님의 뒷모습에서 행위 하나하나를 관찰하기 시작했다.

나의 뇌리에서는 '직업에 귀천이 없다' 는 옛말이 떠올랐다. 그렇다! 직업에는 귀천이 없음을 보여주고 있었다. 너무 근사한 사무실에 초대되어 편히 쉬는 느낌의 서비스를 제공하고 있었다. 사무실은 쾌적했다. 하얀 와이셔츠를 입으신 기사님의 반듯함이 모든 것을 말해주고 있었다.

잊히지 않는 모습으로 나에게 각인된 이벤트였다. 그 작은 공간이 자신의 사무실이라고 소개하시는 자신감. 그 너머에서 나는 그분의 인격을 볼 수 있었다. 자신의 삶을 멋지고 당당하게 주체적으로 살아가시는 모습이란 이런 것이구나! 느끼게 했으며 손수 보여주신 기사분이었다.

그 이후 나의 직업관에 대해서도 조금은 영향을 주었

다. 비슷한 가치관을 가지고 있었던 터라 수긍하고 본받을 부분이 많았다. 단지 실천할 수 있느냐? 없느냐? 의 차이임을 알게 되었다. 그 기사분은 손수 실천하며 삶을 살아가고 있었다. 무척이나 행복해 보였다.

직업을 갖는 것이란 어떤 의미가 있는 것일까? 좋은 대학을 나왔으니 소위 사회가 말하는 대기업이나 기득권들의 세상에 발을 들이고 있어야 좋은 직업이라고 생각하는 세상이다.

세상은 변하고 사람들은 그 변화를 좇으며 살아가고 있다. 주객이 전도된 현상들 앞에서 허우적거리며 사회인으로 경제활동을 하지 못하는 청춘들이 많다.

좋은 대학을 나오기 위해 밤낮으로 공부에만 몰두한 대가가 사뭇 냉정하고 매몰차게 청춘들을 사회의 음지로 내몰고 있는 시대이다. 하지만 무엇이 변하고 있으며 누가 변화에 순응하며 살아가야 하는지에 대한 자기만의 철학의 부재를 느끼곤 한다.

누구나 흔들리며 살아간다. 누구나 명확하지 않은 앞을 바라보며 살아내고 있다. 요즘 같은 변화무쌍한 시대에서 존재감을 느끼는 직업이란 무엇일까? 그 흐릿한 안개 속에서도 우리는 존재해 왔다. 어떻게 살 것인가? 의 문제라는 생각을 해 본다. 겉으로 보기에 근사하고 좋은 일만 좇는 것보다 누군가 해야만 하는 꼭 필요한 곳에 자신을 둘 수 있는 자신감, 용기, 그런 것들이 부재인 요즘이라는 사실임에는 틀림 없어 보인다.

일등이 있으면 꼴지도 있어야 한다. 왜 일등만을 좇는 것일까? 각 등급에 매겨지는 특권 때문일 것이다. 하지만 그 특권도 어떤 측면에서는 정당한 대가가 아니라는 사실을 우리는 볼 수 있어야 할 것이다. 행복을 좇는 삶이 아닌 행복한 삶을 살아가는 우리가 되길 바라본다. 오늘 이 순간, 난 행복한가?

인연

인연

스치듯
바람결 따라
흩날리는
인.
연.
누군가와는
잠시 머물고
또
누군가와는
사랑은 나누고
간혹
누군가와는
부딪힘으로
오해 속
이별을 선택한다.
지나가는
인연 속에
희로애락의 삶이
담겨있다.

우선 멈춤, 나를 지키는 일

우선 멈춤, 나를 지키는 일

살다 보면, 감정선이 넘어서는 경우가 비일비재하게 일어난다. 길을 걷다가, 횡단보도를 건너다, 차를 몰고 가다가도 우리는 우선 멈출 수 있어야 한다. 그래야 누군가와의 부딪힘에서 벗어날 수가 있다.

그렇게 한 호흡의 차이가 마음의 기를 정화하고 넉넉한 여유를 가질 수 있게 한다. 감정도 넘쳐 흘러버릴 때가 있다. 화가 치밀어 오를 때, 누군가 우리 자신을 스치며 상처를 줄 때 잠시 멈추고 내 마음의 화가 일어나는 곳을 바라볼 수 있을 때 상대를 미워하는 마음에서 벗어날 수 있다.

누가 나에게 화살을 던지더라도 내가 피할 수가 있다는 사실을 기억하자. 그러니 매번 던지는 화살을 받아내어 맞서려고 할 필요가 없다. 오히려 마음의 평정을 위해 고요한 음악을 듣거나, 나의 마음을 바라볼 수 있는 시간을 가짐으로써 불편한 감정에서 벗어나 평온함 속에 자신을 둘 수 있다.

멈춤, 멈춤의 시간이 필요하다. 너무도 빠르게 돌아가는 현대인들의 삶에 고요한 시간이 찾아오길 바란다. 누군가 그곳으로 데려다주는 것이 아니라 우리 스스로 찾아 쉼의 시간을 가질 수 있어야 한다.

이웃

이웃

문을 닫고 사는 세상
마음도 닫힌 세상
눈을 마주치지 않는 세상
얼굴도 피하는 세상
마음속에서 수많은 생각 속에 잠기는 세상
고개를 숙이고 핸드폰을 만지작거리는 세상
휴대전화는 하루에도 수없이 바라보지만,
내 앞에 서 있는 누군가는 한 번도 바라보지 않는 세상
엘리베이터가 열리기를 간절히 기다리는 세상
어깨가 부딪히는 순간, 히끗 쳐다보는 세상
찌릿한 눈빛에 작아지는 마음이 출렁인다.
"죄송합니다."
"괜찮습니다."
이런 이웃이 되길 바라는 세상입니다.

우리는 쉬고 있는가?

우리는 쉬고 있는가?

진정한 쉼이란 무엇일까? 현대인들이 시간에 쫓기며 살아가는 모습들을 볼 때마다 숨이 막힐 때가 있다. 아무런 희망이 없어 보이는 사람처럼 축 늘어진 어깨, 기운 없는 걸음걸이, 위축되어있는 무언의 모습에서 가끔은 젊음을 잃어버린 사람들처럼 느껴진다.

젊은 무리 속에 있으면서 젊음 자체를 잃어버린 사람들이 넘쳐나고 있는 요즘이다. 가슴 속에 열정을 품고 있다면 그 사람은 젊음 속 삶 속에 존재하고 있어야 한다. 그것은 말하지 않아도 상대에게 그대로 전해지는 것 같다.

나는 어떠한가? 잠시 창밖 바다를 바라보며 나의 모습을 떠올려본다. 그동안 바쁜 시간을 보내며 정신없이 육지와 제주를 오갔지만, 전혀 피곤함 따위는 없었다. 어떠한 피곤함도 느낄 수 없었다. 사실 남편이 운전을 대신해 준 덕분에 편히 다닌 부분도 있었지만 주어진 스케쥴을 소화하는 것이 즐거움 자체였기 때문이었다.

그렇다. 무언가에 빠져 있는 모습은 아름답다. 한 사람의 열정이 보이고 그 사람의 진면목이 드러나 보이기 때문이다. 그렇게 생활하다 보면 그 사람의 얼굴에서 빛이 나고 활력이 느껴진다. 또한 자신이 모르던 면도 만나게 되는 계기가 되어 주기도 한다.

좋아하는 책을 읽으면서, 노래를 감상하면서, 글을 쓰면서 나에게는 또 다른 의미의 쉼의 시간이 되어 주고 있다. 실제 누군가를 만나 수다를 떠는 것 또한 다른 맛이 있지만, 혼자만의 공간 속에서 내가 좋아하는 일들을 하는 것, 그것이 나에겐 쉼이고 살아있음을 느끼는 충전의 시간이 되고 있다.

물리적인 쉼은 아니지만, 때론 명상을 하는 사람들 이야기를 듣는다. 하지만 나는 명상 속에서 자꾸 잡념이 생겨나고 집중도가 떨어지는 경우가 많다. 그래서 나는 쉼의 형태도 자신만의 방법으로 할 수 있어야 한다고 생각한다.

쉼의 시간에는 자신을 만날 수 있는 시간이 되기를 바란다. 그래야 상대도 보이고 우리를 볼 수 있기 때문이다. 그 속에서 내면의 성장이 있다. 물론 아무 생각 없이 뒹굴면서 종일 시간을 보내기도 할 수 있다. 하지만 그 뒤에 오는 자괴감 등 자신을 파괴하는 감정을 낳기도 한다.

여러분은 무엇을 할 때 가장 행복하고 살아있음을 느끼시나요?.

나를 사랑하는 법

나를 사랑하는 법

때론 누군가가 필요하다.
따뜻한 아메리카노가 마시고 싶듯
마주하고 이야기로 나누는 감정은
힐링 시간이 되어 주는 명약이다.
누군가와 마주하고 있는가?
현재 앉아 있는 시간이
행복한 순간이 아니라면
자리를 나와
맑은 공기를 마시길 권한다.
나는
소중한 존재이다.
귀찮은 존재가 되지 말고
스스로 귀한 존재가 되자.

엇갈림

엇갈림

우리는 살다 보면 여러 사람과 의견이 엇갈리거나 생각이 서로 달라 의문을 품을 때가 있다.

길을 가다가도 어느 날은 헷갈리기도 한다. 이 길인지? 저 길일지? 할 때가 있다.

이런 모든 것은 익숙함에서 오는 편안함에서 오는 것일 수도 있다고 생각한다.

또한 사람과의 관계에서는 어느 한쪽의 오해가 생긴다면 서로 설익은 관계일 수도 있다. 는 생각을 해본다.

물론 오해란 각자의 생각의 깊이와 사고 방향에 따라 생겨나는 경우라고 생각한다. 서로 말하는 의미를 자기중심적으로 해석하는 경향이 있기 때문이다.

하지만 인간관계에서 마음이 더 간다고 해서, 속마음

을 모두 내비치는 것 또한 아니라는 생각을 한다. 상대방이 어떤 의도에서 하는 말인지 그 누구도 알지 못하기 때문이다.

그래서 관계란 쉬운 듯 어려운 것 같다. 그러니 침묵이 필요하다는 필요성을 절감할 때가 많다. 긁어 부스럼을 만들지 말고 도움을 주고자 하는 마음을 조금 눌러두는 것 또한 방법이라고 생각한다
누가 누구에게 도움을 줄 수 있다는 생각 자체가 자만인지도 모르겠다.

누군가 힘들다고 푸념이나 고민을 풀어놓을 때는 그냥 들어주는 것이 최선이라는 생각을 해 본다.

물론 가끔은 그러한 들어주는 행위가 버거울 때도 있다. 하지만 그것은 상대의 마음이지 내 마음이 아니므로 동일시하며 상대의 마음속으로 감정이입을 해버리는 것은 위험한 전환이라는 생각을 한다.

타인의 고민에도 선이 있다. 는 생각을 해본다. 건너서면 안 되는 선, 지켜져야 하는 선을 지키며 생활해가는 것이 현명한 것이라는 것을 기억하자.

어차피

어차피

살아있다면.
살아가야 한다면,
우린 어차피 만나게 되어있다.
그러니
서로에게
상처로 흔적을 남기지 말고
입방아로 후회하지 말기를
보이지 않지만,
서로 연결되어 존재하고 있음을
느낄 수 있는 날,
돌이켜 후회해도
내가, 네가. 우리가 행한
행동의 업은
사라지지 않고 자신을 향해
세찬 파도로 몰려올 것이다.

식물

식물

며칠 동안 집을 비울 예정이어서 신영은 하루하루 집 안을 살피며 물건을 챙기고 정리 정돈을 하고 있다.

"여보 현관에 있는 나의 자식들 물 챙겨주고 오세요."

남편의 말 한마디에 신영은 짜증이 났다. 챙기고 정리해야 할 것들도 많은 데 하필 현관에 있는 나무에 물까지 매일 챙기고 오라고 성화다.

사실 지난번 집을 비울 때는 깜박해서 집에 돌아왔을 때 거의 아사 직전이었다. 그 모습을 볼 때 죄책감이 들기도 했었다. 그래서 신영은 집안에 무엇을 키우는 것을 좋아하지 않는다. 책임을 질 자신이 없기 때문이다.

아이들 어릴 적 키우던 붕어도 모두 내가 청소하고 정리 정돈해야 하는 일이 되었고 더 끔찍한 일은 어느 날 아침 사체로 발견된 모습은 정말 충격적이었다. 그래서 그 이후로 신영은 식물이건 동물이건 집 안에 키우는 일을 자제하는 편이다.

"너희들이 책임질 수 없다면 선택하는 것은 고려해보는 것이 좋을 듯해."

그렇게 아이들은 그 이후로 햄스터 외엔 키워보지 않았다. 햄스터도 저세상으로 보내준 이후로는 집안에서 생활하지 않는다.

하지만 남편만은 예외다. 식물 키우기를 너무 좋아하는 편이라 취미생활을 부정할 수가 없다. 좁은 베란다에서 뚱뚱한 몸집으로 쪼그려 앉아 정성껏 토마토, 고추, 상추 등 살피는 모습은 정말 감동할 만하다.

육지로 발령이 나면서 이제 베란다 식물들은 정리가 되었다. 유일하게 집 안에 있는 식물이라곤 현관에 있는 고무나무들이다. 네 개의 화분에서 반짝반짝 빛이 나며 싱싱하게 잘 자라고 있다.

가끔은 영상통화를 하며 식물을 보여달라고 주문을 하기도 한다. 신영이 물을 잘 챙겨주는지 검사하는 것이다. 그럴 때마다 신영은

'정성과 사랑이 많은 사람이구나!'

느끼곤 한다. 그래서 미워할 수도 시키는 대로 하지 않을 수도 없다. 그러고 보면 신영은 스스로 나는

'사랑이 부족한가?'

생각이 들기도 한다. 그래도 살아 숨 쉬는 생물이기에 신경이 쓰이는 것은 사실이다. 식물과 이야기를 나누고 사랑하는 마음을 내비치는 남편의 모습을 생각하며 나는 현관에 있는 고무나무에 물을 듬뿍 주고 왔다.

숭숭한 날

숭숭한 날

비행기가 결항이 되었다. 가족이 있는 곳으로 갈 예정이었으나, 폭설로 인해 비행기를 탈 수 없었다. 이틀이라는 혼자만의 시간이 주어졌다.

혼자만의 시간을 보내는 지금, 왠지 모르게 가슴이 숭숭하며 곧 무너져내릴 것만 같은 감정이 자꾸 올라온다. 책을 들었다 놓고 휴대전화로 인터넷 서치를 해 보기도 한다. 무엇이 이런 감정이 생기도록 하는 것일까?

비행기 결항으로 저녁 합평 시간에 참여할 수는 있게 되었다. 하지만 무언가 허전한 감정들이 자꾸 올라온다. 채워지지 않은 그 허기가 무엇일까? 생각해 본다.

책상 위에는 읽다가 덮어두었던 '남아 있는 날들의 글쓰기'라는 책이 뒤집어 누워 있다. 노트북을 켰다. 이 감정을 풀어내고 싶었다.

책상 위에 있던 빈 머그잔을 들고 부엌으로 가 따뜻한 아메리카노 한 잔을 내렸다. 컵을 두 손으로 쥐니 마음에 온기가 전해진다. 입가에 머그잔을 가까이 가져다 한 모금의 원두 향을 맡으며 입안에서 머금는다. 그리곤 식도를 향해 내려 삼킨다. 참 좋다. 겨울 향기와 참 어울리는 향이다.

방안에는 보일러를 틀어나 육체는 춥지 않다. 정신이 혼자 외로이 방황함이 느껴진다. 그 방황을 멈추고 싶었다. 창문 밖에는 눈발이 날리고 있다. 한겨울의 한파특보가 핸드폰의 진동으로 수시로 뜨는 알림 소리가 정막한 집안의 공기를 삼킨다.

나는 타자를 계속 두드리며 생각을 정리하고 마음의 속삭임들을 꺼내 놓고 있었다. 무엇에 홀린 듯 시간은 순식간에 흘러가고 있었다.

마음을 꺼내 놓다 보니 조금씩 감정 페이스를 찾아가는 것이 느껴진다. 배설한다는 것이 참 신기하다. 육체적 배설 못지않게 심리적, 정신적 배설 또한 중요함을 다시 깨닫는다.

마음의 덩어리들을 꺼내 놓는다는 것! 그것은 배설이

고 다시 생성될 수 있는 여지의 공간이다. 숭숭한 마음이 채워지는 순간이다. 그렇게 다시 일상으로 복귀한다.

손톱이 아니라 발톱

손톱이 아니라 발톱

여우는 그동안 숨겨놓았던 발톱을 드러내며 눈앞에 앉아 있었던 친구의 얼굴을 핥기 시작하였다. 친구를 바라보는 눈빛은 너무도 차분했다. 이미 예정되어 있던 일처럼 일사천리로 일은 진행되었다. 친구는 생각하지도 못했기에 어떠한 대항도 하지 못한 채 그 자리에서 숨이 멎어 갔다.

믿었던 사람에게 배신을 당하거나, 갑자기 태도를 돌변하는 상황에 처해 본 경험들은 한 번쯤 있을 것이다. 가면이라는 것을 사용하며 자신들에게 유리한 쪽으로 길을 가는 현대인 속에 나는 어떤 모습을 하고 있는가? 되묻고 싶어졌다.

'그대가 조국'이라는 영화를 보았다. 우리는 처분의 대상자라는 말이 귀를 떠나지 않는다. 정의가 조작되는 사회에서 우리는 손톱이 아니라 발톱을 숨긴 채 선의 가면 속에 숨어 지내고 있지 않은가? 생각해 본다.

누구나 선한 얼굴을 하고 있다. 한 사람 한 사람과 대화를 하다 보면 이해되고 상대편을 들게 된다. 하지만 그것이 진실이 아닌 조작된 상대의 연극에 놀아나는 것이라면 우리는 감쪽같이 당하게 될 수밖에 없다.

그렇다. 사회는 먹고 먹히며 쫓고 쫓는 먹이사슬처럼 돌고 도는 것인지도 모르겠다.

그러한 정글 속에서 살아남기 위해 우리는 어떻게 해야하는 것일까?

우리 자신부터 정치할 수 있는 인간이 되어야 하지 않을까? 생각해 본다. 예로부터 무지와 무관심으로 우리는 기득권과 제국들에 의해 지배당하는 시대를 경험해왔다. 지금 21세기에도 보이지 않는 불평등과 차별 속에 혼잡해 있는 현실을 우리는 바라볼 수 있어야 한다. 그렇게 했을 때 생각할 줄 알게 되고 무엇이 옳고 그름을 판단할 수 있는 기준이 생기게 된다. 그렇게 함으로써 우리는 더이상 강자로부터 지배당하지 않고 서로 존중하는 정의로운 사회를 꿈꿀 수 있다고 생각한다.

성평등

성평등

우리는 수많은 불평등 시대에 살고 있다. 시대의 흐름을 만들고 따라가는 사람들의 작품 속에 존재하고 있는 우리들의 자화상을 읽을 수 있을까?

누가 누구의 평등을 이야기하기 전에 우리는 스스로 불평등한 사고로 형성된 악습과 관습 속에서 벗어나지 못하고 있다고 생각한다.

누가 뭐라고 하든, 자신이 옳다고 생각하는 것을 행할 수 있다면 불평등이라는 생각보다 그것을 행할 수 있는 방안을 모색하는데 더 에너지를 쏟아부을 수 있어야 한다고 생각한다.

상황에 대한 무지, 묵언의 인정들, '누군가는 하겠지'라는 무관심, 타인들의 눈치 등이 우리의 권리와 의무를 던져버리는 행위이지 않았나 생각해 본다.

성평등을 이야기하기 전에 타인의 성을 이해하는 이

해도가 자신에게 있었는가? 도 자문해보길 바란다. 남성과 여성, 중성, 등 요즘은 성 정체성이 문제가 되고 있는 상황에서 소외되고 차별 속에 살아 숨 쉬는 인간들이 난무한 세상이 되고 있다.

같은 세상에서 살아가는 인간들이 다수라는 이유로 자신들의 의견이 옳다는 다수결의 원리 또한 역차별이라는 사실을 안다면 우리는 스스로 타인을 차별하고 있다.

우리가 살아가는 사회 곳곳에 숨어있는 성차별은 다양하다. 단순한 집안에서의 성차별로 인한 잡음은 가볍게 느껴지기도 한다. 왜냐하면 그동안 많이 드러나고 사회적 이슈로 다루어와서 변화된 부분들도 있기 때문이다. 하지만 드러내지 못하는 성차별적인 요소들은 목소리조차 내기 힘들어 좌절하는 경우 또한 많다. 음지에서 그들만의 세상이 존재하기도 한다.

세상을 바라볼 때 내가 속하지 않았다고 반대 집단을 비판하는, 이분법적으로 바라보는 시선을, 지양할 수 있어야 한다.

성차별이란 화두가 나온 지 꽤 되었다. 그동안 평등

을 위한 노력 또한 우리 사회는 해 왔다고 생각한다. 그럼에도 불구하고 그러한 제도가 보이지 않는 성들의 역차별을 해오는 결과를 초래하기도 했다고 생각한다.

사회는 변화한다. 순환하며 성장한다고 본다. 어떻게 변화하고 순환할 것인가? 그것은 그 사회를 구성하고 만들어가는 구성원들의 몫이라고 생각한다.

선물

선물

첫째가 내려왔다. 이브닝 근무를 하고 마지막 편 비행기를 타고 늦은 밤, 우리는 다시 재회를 했다. 대학 졸업 후 자주 보는 편이지만 매번 만나는 일은 반가운 일이다. 아직 직장 초년생이고 배워야 할 일들이 많아 피곤할텐데 이리 내려와 엄마를 보고 가야 한다니 참 요즘 아이 같지 않은 면이 있는 아이다.

다른 집 애들은 이성과 연애를 하거나 친구들과 시간을 보내는 것이 먼저일 텐데, 우리 집 얘들은 집으로 내려오는 일이 먼저며 가장 좋다고 한다.

첫째인 딸은 어릴 때부터 징징거리며 떼를 쓰거나, 우는 일이 없던 아이다. 참 쉽고 편하게 자라준 아이다. 구덕(제주어:아기 요람)에 누워서 자고 있으면 내가 숨을 쉬고 있는지 손을 코 가까이에 갖다 대고 본 적이 있을 정도로 잠꾸러기였다. 그리고 보면 지금도 잠이 많은 아이다.

비행기가 공항에 착륙하면 문자를 남긴다. 그러면 차를 몰고 픽업하기 위해 공항으로 출발한다. 항상 몸만 오기 때문에 우리가 만나는 시간은 거의 지체되는 경우가 없다.

특히 밤 비행기 타는 것을 좋아하는 딸은 아마도 이번에도 골아 떨어졌을 것이다. 아니나 다를까 차에 올라타며 비행기 안에서 푹 잤다고 이야기한다. 이제 독립을 하고 정직원이 된 지 며칠이 되지 않아 업무 인계작업이 두세 시간 늦춰지는 것은 당연한 일이라고 했었다. 그런데 오늘은 생각보다 많이 늦지는 않았나 보다. 혹시나 해서 마지막 편 비행기를 예약하는 바람에 공항에서 많은 시간을 보내야 했다고 한다.

피곤하겠다는 나의 말에 딸아이는 괜찮다고 한다. 어느새 커서 이렇게 어른이 되어가고 있다는 생각에 시간의 빠름을 새삼 느낀다.

"엄마, 내일이 어버이날이잖아"

갑자기 딸아이가 하는 말에

"그래서 내려 온 거야?"

나는 묻지 않을 수가 없었다.

"뭐, 겸사겸사⋯."

아이는 말을 얼버무린다. 병원 일이 많이 힘들 텐데⋯. 나는 순간
'이제 다 컸구나!' 생각이 스쳤다.

"**야 이제 네 몸을 가장 먼저 신경 써야 해. 네가 건강한 것이 엄마는 최고로 바라는 거야, 엄마도 건강해야 **가 맘 편히 꿈을 펼칠 수 있잖아."

사랑하는 딸, 이제 사회인이 되었다고 엄마를 챙긴다. 우리는 서로 차 안에서 보이지는 않지만 뜨거운 뭔가를 느낄 수 있었다. 아마도 서로 탯줄이라는 것으로 서로 열 달 동안 이어져 있어서 느낄 수 있는 감정이랄까?

집에 도착하고는 딸아이는 씻지도 못하고 졸리다며 다시 골아 떨어졌다. 내가 이 아이에게 짐은 되고 싶지 않다는 생각을 다시 새긴다. 내가 어릴 적 어머니를 모셔야 한다는 올가미에 갇혀 40여 년을 살아왔기에 이 아이에게는 자신의 인생을 맘껏 살아보라고 하

고 싶다. 그래서 자신의 인생을 살아가라고 자주 말하는 편이다.

다음 날, 우리는 오전 늦게 일어났다. 큰 애가 엄마 선물을 사주고 싶다고 쇼핑을 가자고 한다. 어머나 이를 어째….

"**야, 엄마는 필요한 게 없어."

아무튼 서운해할까 봐 우리는 밖으로 나갔다. 그리고 나는 딸아이 옷을 골라 사라고 했다. 그러더니 딸아이는 이게 아닌데 하면서 엄마에게 뭔가 해 주고 싶어한다.

"이제 **가 옷도 직접 사서 입고 엄마 짐이 덜었네. 대단하다야."

"**야 엄마는 너와 우리의 아지트인 투썸에서 그동안 있었던 이야기들을 하는 것이 그 어떤 선물보다 소중해."

라는 말에 딸아이도

"엄마, 나도 그래, 그럼 우리 투썸 가서 엄마가 좋아하는 거랑 내가 좋아하는 거 시켜 먹어요."

그래서 우리는 제주에 내려올 때마다 함께 몇 년째 가던 투썸으로 갔다. 이제 나를 위하고 지키려는 모습이 보인다. 딸아이가 어른이 되어가고 있음을 제주에 내려올 때마다 느껴진다.

이 또한 신이 주신 소중한 선물임을 안다. 20여 년을 함께 지내며 많은 일이 있었지만 아이는 건강하고 속 깊은 한 인간으로 그리고 자기만의 삶의 주인으로 꿈을 꾸며 살아가는 건강한 아이로 자라주었다.

오히려 나는 너를 보며 배운다. 그래서 나의 스승이 되어 주는 것 같다. 너를 통해 또 다른 세상을 만나고 생각을 할 수 있게 된다.

지금 이 시각, 너는 너의 방에서 잠을 자고 있다. 내일 아침 7시경 비행기를 타고 다시 서울로 올라간다. 너의 삶이 치열한 곳으로, 곁에서 도와줄 수 없지만 스스로 잘 헤쳐나가리라 믿는다. 실패를 두려워하지 말길 바란다. 살아보니 수많은 실패가 자신을 단련시키고 생각의 전환을 일으키게 하는 동기부여가 된다는 사실을 알게 되었거든,

너도 너만의 삶을 소중하고 귀하게 그리고 멋지게 살아보길 바라본다. 내 몸을 통해 세상에 왔을 뿐 엄마라는 굴레에서 벗어나 훨훨 세상을 날아가길 바라. 그것이 엄마라는 이름을 나에게 만들어 준 너에게 바라는 것이란다.

치열한 삶의 현장, 새벽

치열한 삶의 현장, 새벽

고요함이 존재하는 시간, 새벽에는 모든 생명이 잠들고 있는 듯 보이지만, 그 시간에도 호흡하며 생명을 유지하고 있다. 거리의 나무들도, 잠자리에 든 인간 육체의 기관들도 들숨과 날숨을 반복하며 부지런히 자신의 임무를 묵묵히 하고 있다.

새벽, 한적한 장소에서 고요함을 느끼며 홀로 존재하는 듯 보여도 모든 것은 깨어있는 또 다른 형태의 모습일 뿐이다.

새벽에만 존재하는 매력도 있다. 그 매력을 즐기기 위해 새벽 시간 속에 침잠하는 경우도 있다. 마음을 가라앉히고 깊이 몰입하는 시간 속에서 또 다른 자아와의 만남을 유영하기도 한다. 그러다 보면 어느 순간 밝음이 찾아와 잠들고 있었던 세포들을 깨운다. 그 또한 색다른 순간이다. 밝음과 어둠이 교차하는 순간, 우리는 흐릿한 교차로에서 수많은 생각과 느낌을 교감하며 또 다른 하루를 맞이한다. 그렇게 오늘이 시작되고 오늘의 순간들이 지나간다.

누구보다 일찍 깨어나 새벽을 즐기는 사람들은 그 의미를 느낄 수도 있겠다. 동대문 새벽 시장의 활기를 느껴본 적이 있다면 공감할 수 있을 것이다. 수많은 사람이 오고 가는 길 위에 자기 삶의 궤적을 그린다. 그렇게 반복되는 행위 속에 삶의 희, 노, 애, 락을 담아낸다. 새벽은 치열한 삶의 현장이다.

삶의 흔적

삶의 흔적

사람들은 예쁘고 깨끗한 잡티 없는 피부를 좋아한다. 하지만 우리가 사계절의 시간을 보내면서 아무리 몸부림치며 살아내어도 육체라는 표면 위에 새겨진 흔적들은 사라지지 않는다.

우리가 처음 생겨날 때는 아프고 따갑지만, 서서히 아물어준다면 다시 생명을 이어갈 수 있다. 그렇게 피부에 새겨진 상처와 잡티들은 바람과 햇빛들을 이겨내며 살아낸 대가로 주어진 선물과도 같은 존재들이다. 붉은 몸 위에 난 상처들은 그렇게 삶의 흔적들이 되어 간다.

누군가에게 선택받지 못하더라도 우리는 원망하지 않는다. 그 나름대로 누군가에 가서 필요한 역할을 할 것이기 때문이다. 지나가던 새들의 새참이 되든, 통조림 공장으로 가든, 가난한 어느 아주머니의 장바구니에 넣어질 것을 알기 때문이다. 어느 곳, 어떤 세상으로 가든 우리는 결국 똑같은 곳으로 가게 되어있다.

세상엔 영원히 존재할 수 있는 것은 없다. 우리의 뿌리도 우리의 후손들도 우리가 연결되어 존재해 왔으며 존재할 것이다. 그렇게 모든 생명은 연결되어 사라지게 되어있다. 중요한 것은 우리가 어떤 환경 속에서 어떻게 살아가느냐의 차이일 뿐이다.

그러므로 우리는 우리의 겉모습에 아무런 불만을 표하지 않는다. 우리는 주어진 우리의 길을 원망하지 않는다. 우리는 살아있는 한 우리의 역할에 최선을 다할 뿐이다. 우리는 자신들의 상처를 싫어하지 않는다.

산다는 것

산다는 것

새벽 5시 50분, 잠에서 깬 신영은 화장실로 가서 씻고 나온다. 주방으로 가 텀블러에 1리터의 물을 담고 방으로 향한다. 몇 년 만인지 모르겠다. 요즘 들어서 모닝 페이지 쓰기에 갈증을 느끼던 터라 무조건 책상 위에 앉아본다.

신영은 입에서 나오는 하품을 계속하며 책상 앞에 앉아 키보드를 두드리고 있다. 아들 방에 앉아 옷을 주섬주섬 걸치고 앉아 무언가를 열심히 생각하고 있다.

오늘 오전에 있을 수업을 점검하면서 한효주의 '산다'라는 영상을 보았다. 산다는 건 무엇일까? 다니카와 슌타로의 '산다'라는 시가 흘러나오고 있었다. 여러 번 들어보았지만 들을 때마다 여운이 깊게 남는 시다.

산다는 것!
지금, 이 순간 하품을 하는 것, 물을 마시는 것, 졸음

을 쫓으며 책상 위에 앉아 있는 것, 무언가를 계속 써 내려가는 것,

다니카와 슌타로는 산다는 것은 아름답고 밝은 곳으로 걸어가는 것이라고 했다. 세상은 아름답고 그 속에서 악과 타협하지 않는 것이라고 말한다.

캄캄한 새벽 시간, 살아 움직이는 이들의 모습을 느낄 수 없는 시간, 신영은 잠시 생각에 잠겨본다. '세상이 과연 아름다운 곳인가?'에 대해서.

악과 싸우고 있는 사람들이 많은 세상이다. 물론 정의를 위해 목숨을 바치는 노력을 하는 이들도 많다. 불공평과 불공정이 난무하는 세상에서 어떻게든 최선을 다하며 살아가는 사람들. 우리의 이웃들이다. 가진 것 없는 소시민들의 애환이 떠오르는 이유는 무엇일까?

그들에게도 세상은 아름답기만 할까? 물론 세상은 아름답다. 아름다운 세상 속에서 살아가는 우리가 흙탕물을 만들어가는데 일조하는 것인지도 모른다.

나의 불편함이 타인의 편함을 추구하는 것이라면, 나의 좌절이 타인의 소망이 이루어지는 것이라면, 나의

아픔이 타인의 기쁨이라면, 그것이 삶이라면,

누군가에게 세상은 아름다움이 아니라 지옥으로 여겨
질 수도 있겠다. 지옥에서 벗어나기 위한 노력이 헛
되지 않게 함께 힘을 합쳐 걸어가는 것이 진정한 아
름다움이 아닐까? 그것이 불가능할지라도 시도를 하
는 것과 하지 않는 것의 차이는 큰 결과를 가지고 온
다고 생각한다.

신영은 문득 그 아름다운 세상을 열기 위해 오늘 이
순간 '나는 무엇을 하고 있는가?' 자문해본다.

사진

사진

둘째 언니는 사진을 찍는 걸 싫어했다. 왜냐하면 사진 찍는 걸 좋아하면 단명한다는 속설 때문이었다. 믿거나 말거나이지만, 그때는 그랬었다.

이제는 세상에 존재하지 않은 언니지만, 그 시절 생각하면 다 부질없는 이야기라는 생각이 든다.

요즘은 보여주는 시대이다. 누구나 사진 찍는 걸 좋아하고 SNS에 올리는 것을 즐긴다. 소셜미디어가 돈벌이 수단으로도 이용되는 시대다.

그만큼 세상이 변화하고 다른 세대 속에서 살아가고 있음을 실감한다. 10년이면 강산이 변한다는 옛말도 이제는 틀린 말이 된 지 오래다. 하루가 다르게 변화되고 바뀌는 시대에 우리는 살고 있다.

나 또한 하루에도 사진을 많이 찍는다. 나의 경우에는 매체를 활용한 글쓰기 수업을 하기도 하고, 글을 쓰는 동기부여 역할을 해주기 때문에 꼭 필요한 수단이 되고 있다.

사진 속에는 보이지 않는 이야기들이 숨어있다. 그 이야기들을 찾아내고 쓰는 일은 나에게 흥미로운 일 중 하나이며, 습작 활동에도 도움이 되고 있다. 물론 글쓰기 수업 또한 사용되는 매체이므로 사진을 찍는 일은 필수가 된 지 오래다.
오늘도 여러 장의 사진을 찍었다. 사진을 블로그와 인스타에 올리며 사진 속 이야기들을 쏟아낸다. 그 속에 나의 철학이 양념처럼 담긴다.

그렇게 쓰다 보면 한 권의 책이 나오기도 한다. 책은 그 사람이므로 글 속에 나의 가치관과 세계관을 풀어 놓으려고 하는 편이다.

사진은 추억이기도 하지만, 역사의 현장을 보존하는 역할을 하기도 한다. 또한 젊은 날의 모습을 간직하는 보물 상자 역할도 하겠지만, 사건의 실마리를 풀 수 있는 단서가 되기도 한다.

세상이 변하고 과학이 발전하면서 해상도가 뛰어난 카메라를 하나씩은 들고 다니는 세상이다. 이런 세상에 무엇을 담아내는 일은 중요한 일이라고 생각한다.

물론 글로 남길 수도 있지만, 나의 삶도 사진으로 남길 수 있다는 것 또한 매력적인 일이라고 생각한다.

사진에도 흑백과 컬러가 있다. 때론 흑백이 더 품격이 느껴질 때가 있다. 물론 컬러 사진이 더욱 선명하지만, 나에게 흑백 사진은 참 매력적으로 다가올 때가 많다.

이처럼 사진 하나로도 많은 이야기를 할 수 있다는 사실이 흥미롭다.

봄

봄

절기상 일 년 중 가장 춥다는 대한이 다가오고 있는 한겨울이다. 그럼에도 불구하고 시절이 흐름 속에 겨울은 천천히 걸어가는 듯. 봄은 겨울의 발걸음에 맞춰 멀리서 찾아오고 있다.

우리가 살아가면서 느끼지 못하지만, 흐르고 성장하고 자라는 것들이 많다. 삶이 너무 빠르게 흘러가고 현대인들의 일상이 여유가 없어 놓치는 것들이 많기 때문일 것이다.

그럴수록 우리는 자신을 찾고 바라보고 음미하며 자신이 서 있는 곳을 느낄 수 있어야 한다고 생각한다.

구석진 부엌에서, 요리를 하다가도 재료들과 대화를 나눌 수 있고, 찌개가 끓이는 동안 창밖을 바라보며 계절을 느낄 수 있길 바란다. 차 한잔을 마시며 유리창 너머에서 들리는 자연의 소리에 마음을 실을 수 있다면 금상첨화다.

매일 반복되는 일상이 사실은 미세하지만, 전혀 다른 일들이 펼쳐지고 있는 하루다. 누군가는 태어나고, 누군가는 세상을 정리하며 떠나간다. 또한 누군가는 화를 내고 누군가는 행복함에 어찌할 바를 모르는 일들이 벌어진다.

내게 주어지는 일상에 집중하자. 내 주변에서 벌어지는 일들에 에너지를 소진하지 말고 내 마음의 소리에 집중할 수 있는 오늘이기를 바라본다.
봄은 오고 있다. 소리 없이 묵묵히 자신의 소임을 다하며 우리에게 찾아오고 있다.

포근한 햇살이 비치는 창문에서, 길을 걸으면서, 놀이터 벤치에서 봄을 느껴보길 바란다. 봄이 가져온 희망과 새로운 마음을 전해 받길 바란다. 봄은 우리에게 시작을 의미하는 계절이므로 힘든 상황에 놓인 이들이어도 작은 소망을 품어보길 바란다.

살아가는 것이 생각하는 대로 되는 것은 아니지만, 생각에 머무는 동안은 힘듦이, 안타까움이, 고달픔이 잠시 잊히는 시간이 될 테니까. 그동안 잠시나마 에너지를 충전하고 다시 힘찬 하루를 펼쳐보길 바란다.
봄은 오고 있다.

무슨 일이건 할 수 있어야 한다.

무슨 일이건 할 수 있어야 한다.

요즘은 밥벌이하기 힘든 시대이다. 많은 청년이 일을 하고 싶어도 할 일이 없다고 한다. 하지만 일을 하려면 무슨 일이건 할 용기가 있다면 할 일은 많다.

대한민국 고학력자들이 늘어남에 따라 그에 비해 소위 대기업에 취업하기는 하늘의 별따기 만큼이나 힘이 든다는 것이 사실이다. 모든 사람이 한 곳을 바라보며 취업하려고 하니 경쟁률이 높고 그 결과 좌절과 함께 삶을 포기하는 은둔형 외톨이가 생겨난 지 오래다.

힘든 일은 외면당하는 시대이다. 그래서 외국 노동자들이 그 일들을 대신하고 있다. 그럼에도 불구하고 할 일이 없다고 말한다.

그에 비해 주부들의 밥벌이는 참 비좁다는 생각이 든다. 아이를 낳아 육아와 병행하며 일을 한다는 것은 참 버거운 현실이기 때문이다.

경력 단절을 경험한 이들은 할 일이 없는 것보다 고용해주는 곳이 없다고 하소연하는 경우가 현실이다.

이제는 시대가 변하고 있다. 각자의 사고의 변화가 있어야 하고 새로운 생각으로 접근하려는 용기도 필요하다. 누군가는 불경기에 대박이 터지는 경우가 그런 경우일 것이다.

무엇을 추구하며 살아갈 것인가? 내가 일을 하는 이유가 무엇인가? 에 따라 직업의 선택은 달라진다. 물론 당장 밥벌이를 해야 하는 경우, 허드렛일을 할 수 있는 용기도 필요하다. 직업에 귀천이 없음을 말뿐이 아닌 스스로 자각할 수 있을 때 어떤 일을 하더라도 보람과 감사함을 느낄 수 있기 때문이다.

일을 한다는 것, 경제활동을 한다는 것은 돈벌이 그 이상의 또 다른 존재의 의미가 있다. 자신이 이 사회의 구성원으로서 존재하며 타인들과 소통하며 살아간다는 것이 살아있다는 증거이기 때문이다.

무슨 일이건 할 수 있어야 한다. 이 일이 아니면, 안 된다는 생각을 버릴 때 다른 길이 시야에 들어온다. 다시 그 길 속으로 걸어가 도전해보면 된다. 우리가 살아가면서 자신에게 맞는 일을 찾아가는 것이 인생 길인지도 모르겠다.

먼지

먼지

나는 책상 위에 앉아 있다. 노트북을 켜고 시야는 창문으로 드리우는 햇살로 향해 눈이 부시다. 한겨울이지만 오랜만에 나온 햇살이 참 좋다. 그런데 노트북과 창문 사이에 놓여 있는 선풍기가 자꾸 시선 속에 머문다.

작년 여름부터 계속 한 자리를 차지하고 있던 너는 이제껏 작동만 하다 잠시 쉬고 있구나! 자세히 바라보니 엉기성기 얽힌 먼지들로 선풍기 날개 위며 뚜껑살 사이 사이를 메우고 있다.

지난해 여름 열심히 돌아가던 너는 지금껏 그 누구의 관심도 없이 묵묵히 그 자리를 지키고 있다. 게으른 주인도 문제지만 너를 바라보며 나 자신을 보게 된다. 나의 마음에 앉아 있는 수많은 먼지를 보듯 너와 만난다.

누구도 자신의 먼지를 스스로 청소하고 정리하지 못

하는 것이구나! 누군가의 도움으로, 배려로, 사랑으로 깨끗하게 씻겨지고 정돈되는 것이구나!

혼자 잘났다고 세상 속에 존재하고 있던 것이 아니었다. 넘어지면 누군가의 도움으로 일으켜 세워주기도, 부추겨주기도 하는 것이다.

내 앞에서 계속 나를 주시하고 있던 너도 나에게 씻겨달라는 눈빛으로 바라보고 있는 듯하다. 너의 몸 위에 덕지덕지 앉아서 한 몸이 되어가고 있는 먼지들은 공간 속에 존재하던 우리들의 생각의 파편들인지도 모른다. 는 생각을 해본다.

함께 매일 생활하던 너와의 추억들이, 더위로 짜증이 나던 날 배출되던 땀들이 얽히고설키며 붙어있다. 먼지라는 이름으로 이제 씻겨 사라질 운명들을 마지막으로 바라보고 있다.

그렇게 해마다 태어나고 사라지는, 반복되는 너희들의 삶도 우리들의 삶처럼 매일 똑같은 주어지는 일상이 아님을.

먼지, 사라져야 할 존재일지도 모르지만 너는 우리와 한 공간 속에서 함께 공존해야 하는 운명이다.

득템, 심성

득템, 심성

세상을 살아가다 보면 어떠한 물건을 줍거나 얻는 경우가 있다. 사실 나는 지나가는 길에 돈이 떨어져도 줍지 않는 경향이 짙다. 누군가의 절박함이 느껴져서 주인을 찾아주려는 심성이 타고난 편이다.

그래서 누군가 무엇을 줘도 받는 것에 익숙하지 않다. 괜히 대가를 지불해야 한다는 강박과도 같은 생각이 자신을 불편하게 한다.

그러나 주는 것에는 기쁨을 느끼는 편인 것 같다. 내가 잘 쓰지 않거나 새 물건이어도 내게 필요한 물건이 아니면 필요한 사람에게 주는 경우가 많다. 음식도 상하기 전에 나눠 먹는 편이다.

물건을 얻는다는 것은 또 하나의 버릴 것이 느는 것이다. 내 생활에서 필요한 것을 득템 할 수 있는 것도 좋지만 그런 횡재를 그리 좋아하지 않는다. 오히려 나보다 필요하고 절실한 사람에게 돌아가는 것을 선호한다.

성향이 이런 편이라 가족들에게 이상하다는 말을 듣는 편이다. 왜 공짜가 싫으냐고, 그렇다. 난 공짜란 원래 없다고 생각하기에 공짜가 주어져도 공짜라는 생각이 들지 않는다. 그래서 대가를 지불하는 편이 훨씬 마음이 편하다.

이쯤 되면 이상한 시선들이 느껴지기도 하지만, 나의 성향을 존중한다. 원래 그렇게 생겨 먹은 성격을 고치고 싶지도 않다. 왜냐하면 나의 가치관과도 연관되기 때문이다.

타인을 돕거나 도움을 줄 수 있는 상황에 놓여 있다면 최선을 다하는 편이다. 하지만 일부러 찾아가면서 하진 않는다. 그게 나의 최선인 것 같다.

조용히 빛나는 초롱불 같은 따스함이 좋다. 그 정적 속 소리 없는 울림이 나를 감동시키기 때문이다. 그 속에서 나를 성장시키는 무언가가 나에게 전해진다.

다시 겨울

다시 겨울

글쓰기 모임인 글수다의 벙개 모임으로 한 선생님의 강의실로 가고 있었다. 차가운 겨울 공기가 아직 가시지 않았지만 하얀 눈 결정체들이 흩날리고 있었다. 차를 몰고 달리는 차 안에서
'어, 눈이네'
라는 생각을 담고 계절의 흩날림이 떠 올랐다. 찾아가는 아지트가 처음 가는 길이라 집을 찾느라 여러 번 건물을 맴돌아야 했다.

도착하고 나니 내가 제일 먼저 도착했다. 늦었다고 생각했는데 아직 회원들이 도착 전이라 집 구경을 하며 집주인과 이야기를 나눌 수 있었다.

하나, 둘 찾아 들어오는 회원들의 반가움에 순식간에 분위기는 화기애애해졌다. 한 회원이 빨간 원피스를 가지고 왔다. 또 다른 회원은 소금 빵에 시나몬 베이글 등 유명한 빵집에서 빵과 커피를 사 들고 왔다.

창밖은 하얀 눈발이 날리고 있었다. 콧등이 시큰거리 듯 바람의 찬 기운이 창문 틈 사이로 들어왔다. 빨간 원피스를 착장하고 나온 선생님은 산타처럼 화사하고 따뜻한 온기를 뿜어냈다. 따뜻한 아메리카노를 한 모 금 마시며 다시 한 겨울의 크리스마스를 느끼는 듯했 다.

크리스마스 날 하하 호호하며 즐기는 파티를 즐기는 듯 화사하고 따뜻한 온기가 방안을 가득 메웠다.

그렇다. 다시 겨울이 우리 곁을 지나가고 있었다. 아 직 아쉬움이 남아 누군가의 곁이 필요했는지도 모르 겠다. 겨울은 혼자보다 누군가의 온기가 필요한 계절 이다.

아지트에 모인 회원들의 모습에서 생기를 느낀다. 살 아있다는 건, 추운 겨울 움츠리는 누군가에게 온기를 불어넣어 줄 수 있다는 것이 아닐까.

눈 오는 날

눈 오는 날

12월의 크리스마스를 며칠 앞두고 있다. 오전에는 날씨가 따뜻했는데 밤이 되니 12월의 찬 기운이 상승하며 따뜻한 집안에서 나가기가 싫은 날씨다.

갑자기 휴대전화가 울린다.

"언니, 영화 볼래?"

무료하게 처진 몸에 생기를 불어넣고 싶었다. 다행인지 줌 수업과 모임도 취소되어 침대 위에서 뒹굴고 있었다. 흔쾌히 대답을 해버렸다.

새로 산 검정 울코트를 챙겨 입었다. 20년 전 구입해서 입은 울코트가 점점 낡아가고 있어 마침 오후에 코트를 장만한 터라 처음으로 착장을 했다. 항상 고맙게 입고 다니던 나의 울코트 대신 새 코트를 입고 밖으로 나갔다.

횡단보도를 건너 기다리기로 했기 때문에 횡단보도를 걸으며 시선이 가는 곳이 있었다. 맞은편 화단에 옆에 서 있던 할아버지는 양손에 비닐 가득 물건을 담고 쥐고 있었다. 그런데 아차 싶더니 화단 위에 쓰러지듯 걸터앉는다.

직감일까? 계속 나의 시선은 그쪽을 향하고 있었다. 할아버지가 일어나 횡단보도 쪽으로 걸어오더니 다시 자리에 주저앉는다.

'술을 마셨을까?'

술 냄새는 풍기지 않았다. 주변을 살펴보다 횡단보도에 서 있는 한 청년에게 말을 걸었다.

"저기요, 저 할아버지 어디 아프신 것 같은데 횡단보도 부축해서 건너 주시면 안 될까요?"

청년은 이상하게 생각하는 듯했지만, 흔쾌히 할아버지에게 다가갔다.

"할아버지 어디 가세요?"

"택시."

우리는 택시를 잡아드려야겠다는 생각에 주변을 살피고 있었다. 마침 택시 한 대가 오고 있었다. 나는 택시를 잡고 청년은 할아버지를 일으켜 택시를 태우려고 하는데 그만 쓰러지고 땅바닥으로 뒹굴며 넘어지셨다. 다행히 모자를 쓰고 있어서 머리를 다치지는 않았다. 택시는 119를 부르라며 씽. 가버렸다.

갑자기 청년은 수화기를 들고 119에 전화를 하고 이야기를 들으며 차량까지 손짓으로 지휘하고 있는 것이었다. 바로 그때 영화를 보러 데리러 온 동생의 차는 도착해 빨리 오라고 재촉하고 있는 상태였다.

휴대전화를 건내 받고 설명을 다시 한번 했다. 그리고 명함을 청년에게 주며

"미안해요. 저 먼저 가봐야 해서. 부탁 좀 해도 될까요?
다치진 않으셨으니 119 오면 태우면 될 것 같아요.
죄송해요. 먼저 가도 될까요?"

"네 제가 알아서 할게요."

"거의 도착한다고 하니 조금만 부탁드려요."

깜박이는 앞 차량으로 달려 몸을 실었다. 미안한 마음과 할아버지가 걱정되었다. 이런 나를 누가 보면 오지랖이 넓다. 라고 할 수도 있지만, 노인들의 모습에 그냥 지나칠 수가 없는 성향이다.

친구에게 자초지종을 이야기하고 이해를 구하고 있었다. 바로 그때 전화벨이 울렸다.

"아, 아까 할아버지 119 태우고 가셨어요, 걱정하지 않으셔도 돼요."

조금 전 청년이었다. 같은 아파트에 살고 있던 청년이었다. 참 고마웠다. 나 혼자 가버려서 이상한 사람이라고 생각했을 수도 있는데 나에게 결과까지 알려주어서 고마웠다.

영화관 앞, 공영 주차장에 주차하고 차에서 내리니 눈발이 날리고 있었다. 밤바람에 얼굴이 시릴 만도 한데 따뜻한 온기가 온몸으로 퍼져나갔다. 새로 구입한 울코트보다 따뜻한 손길로 행복해지는 밤이다. 부디 할아버지가 건강하게 귀가하시길 기도해 본다.

나의 음식 이야기

나의 음식 이야기

밥때가 되면 당연히 찾아드는 곳이 식당이라면 집에서도 부엌으로 가서 뭔가를 챙겨 먹게 된다. 한때 다이어트 열풍으로 하루 한 끼 먹기, 저녁 먹지 않기, 등의 식사문화가 생긴 지 오래다.

이 모든 것은 풍요로움의 방증이기도 하다. 하지만, 아직도 굶어 죽는 사람들이 있다는 것도 사실이다. 다행히도 대한민국에서의 식문화는 세계적으로 인기를 누리고 있다.

그럼에도 불구하고 수많은 음식 앞에서 먹고 싶은 욕구가 없다면 어떨까? 소위 식탐이 없다고만 생각해왔다. 하지만 음식도 뇌의 영향을 받는다는 사실을 안 지 오래지 않다.

난, 카페에서 따듯한 아메리카노 한 잔에 파니니 반 조각이면 배가 든든하다. 부대끼지도 않고 작업하기에 안성맞춤인 에너지가 발생해준다. 그리고 남은 반

조각을 다시 데워달라고 하고 따듯한 물을 부어 마신 다면 멋진 저녁으로 충분하다.

혼자건 여럿이건 거의 다른 디저트를 먹지 않는 편이다. 먹기 싫은 것이 아니라 먹고 싶은 욕구가 없기 때문이다. 더 사실적으로 표현한다면 위가 부대끼는 부담감이 먼저 느껴진다. 또한 배가 꽉 찬 느낌을 좋아하지 않는다.

어느 날 알게 되었다. 위에서도 세레토닌이 분비되어 음식의 소화를 돕고 즐겁게 먹는 작용을 한다는 사실을 말이다. 난 세레토닌이 분비가 적든지 분비되지 않아 먹고 싶은 충동이 생기지 않는 것이었다. 그때 다시 한번 알게 되었다. 뇌의 위대함을, 뇌에 의해 조종당하는 우리라는 생각을 하게 되었다. 건강한 뇌를 지켜내는 것이 무엇보다 중요함을 느낀다. 뇌는 이성을 절대 이길 수 없다는 사실을 기억해야 할 것이다. 그리고 뇌는 한 번 망가지면 재생하기 어렵기 때문에 건강할 때 지켜야 하는 소중한 뇌이다.

그래서 난 소식을 하며 다양한 음식을 먹지 않는 편이다. 그렇다. 산해진미가 앞에 있어도 먹고 싶은 욕구보다 거북함이 먼저 느껴지기 때문이다. 간혹 모임에서 오해를 받기도 하지만 어쩌겠는가? 위에서 세레토닌이 분비가 되지 않음을.

나의 음식은 그래서 단촐하다. 없으면 먹지 않거나 영양제로 먹기도 한다. 또는 단백질을 물에 타서 섭취하기도 한다. 그럼 시간도 절약되고 몸도 가벼워 참 편리하다. 앞으로는 알약 하나로 해결하는 시대가 오지 않겠는가? 생각해 본다.

기억

기억

그날도 포근한 햇살이 눈이 부신 날이었지. 나무 벤치에 앉아 서로 음악 하나로 서로의 마음을 교감하고 있었다. 도서관 뒤뜰에 있는 나무 의자 위에서 흩날리는 분홍 꽃잎은 마치 20대 청춘처럼 설레는 감정을 불러일으키기에 충분했다.

바라보고 있었지. 우리의 50대를. 흘러간 과거를 이야기하며 지금의 우리를 순간의 필름 속에 담아놓고 있었다. 너를 만나 난 외롭지 않고 힘들 때마다 너를 찾아 위안을 받곤 했지.

봄볕의 따스함이 주는 온도로 나의 마음속 찬 기운을 끌어올려 주는 너는 나의 베스트 프렌드. 눈빛으로 알 수 있었다. 너도 나와 같은 감정이었다는 것을.

서로 이어폰을 나눠 끼고 한참을 의자 위에 앉아 묵언 속 대화를 나누었지. 스치는 바람도 손등에 다소곳이 와 앉는 꽃잎도 우리의 감정을 흔들어대지 못했다.

각자의 가정을 이루고 자녀를 낳고 같은 세대를 살아 가는 우리는 감사하게도 같은 시간 속에 존재하며 삶 의 고민도 비슷했다. 그래서일까? 너와 나의 녹록하 지 않은 삶을 교감하며 서로 마음이 통했을까?

너를 만나 편안하고, 너를 만나 고민을 나누고, 너를 만나 웃을 수 있었다.

아직 더 힘든 어려움이 남아있다는 사실도 알고 있 다. 그래도 외롭지 않은 이유는 내가 또는 네가 부르 면 달려와 줄 수 있는 가까운 곳에 있어서일까?

서로 소중한 배려로 상처 주는 언어를 벗고, 웃는 모 습으로 바라봐주고, 항상 응원해주는 너는 나의 설렘 을 자극하는 특별한 존재다.

저가 카페에서 몇천 원짜리 커피를 마시면서도 함께 할 수 있는 그 시간에 행복할 수 있는 우리. 때론 명 품 대화를 나누며 지적 허기를 채우기도 하지. 오천 원의 정식을 먹으면서도 천진난만하게 좋아하는 우 리. 그래 우리는 닮은 점이 많아 지금까지 인연을 이 어가고 있는 것이 아닐까?

지나간 기억들이 소중한 기억만 있는 건 아니다. 하지만 떠오를수록 좋은 기억들은 미소 짓게 하는 명약이 되기도 한다. 그 미소를 바라볼 수 있기를. 지킬 수 있기를 바라본다.

구름

구름

사라지고 생겨나는 잡념과 생각들이 머물다 가는 순 간순간들이 어쩌면 허상에 매달리고 있는 우리의 간 절함인지 모르겠다.

흘러가는 구름처럼, 피어났다 지는, 두뇌 속에서 일어 나는 수많은 고뇌는 마치 하늘 위 떠다니는 구름과 닮아있다. 잠시만 다른 곳을 바라보다 보면 어느새 사라져 버리는 구름처럼. 우리가 붙잡고 있는 것들이 허상들인지 모른다.

구름은 흘러가라고 밀치지 않아도 스스로 사라졌다 또다시 생겨난다. 그렇듯, 생각들도 수없이 들락 날락 을 한다. 그 속에 머물지 않고 우리 스스로 흘러 보 낼 수 있어야 한다.

붙잡는다고 머물지 않는다. 모든 것은 변하고 성장한 다. 물론 퇴화되기도 한다. 수많은 고민을 부여잡지 말고 흘러가는 구름처럼 놓아두자.

누가 알겠는가? 그러다 해결되는 일들이 얼마나 많은 지. 먹구름이 지나가면 햇살이 비추듯 우리의 일상도 매번 흐리지만은 않는다. 비도 오고 태풍도 불면서 흘러가는 시간 속에 존재하는 것이 우리의 삶이기 때문이다.

생각은 흘러가는 구름, 괜히 부둥켜안고 고민하지 말자. 스스로 머물다 떠나가는 것을 무심히 바라보자. 무심히 바라볼 수 있을 때 구름도 자유롭게 피어났다 사라짐을 반복할 것이다.

예전에는 생각 하나에 꽂히면 며칠을 되새기고 고뇌 속에서 자신을 힘들게 하기도 했었다. 그러나 생각은 흘러가는 구름이라는 사실을 안 순간, 평온한 마음을 유지할 수 있었다.

그렇다. 이렇게 아파하며 깨달으며 성장하는 것이 우리가 살아가는 이유이다.

공항

공항

누군가는 떠나고 누군가는 돌아오는, 또는 거쳐 가는 플랫폼. 그래서 공항은 번잡함에도 불구하고 설레는 감정과 피로감이 쌓이는 공간이기도 하다.

누군가와 또는 혼자 떠나는 여행이라면 기대감이 충만한 상태가 될 것이다. 하지만 갑작스러운 기상 상태로 인해 연착되거나 대기해야 하는 상황이 된다면 짜증과 함께 볼멘소리가 나오게 된다. 피로도는 극도로 치 닿는 상황이 되기도 한다.

그럼에도 불구하고 비행기를 이용해 여행을 간다는 것은 행복감을 주기에 충분한 이벤트다. 사실 이런 경우라면 연착 정도는 넓은 아량으로 기다리며 수다 삼매경에 빠지게 된다. 하지만 출장이나 업무 상황이라면 조급한 감정으로 시간의 노예로 바뀌게 된다.

이처럼 어떤 상황이냐? 에 따라 사람들의 감정은 시시때때로 변화한다. 공항이라는 특별한 장소에서도 우리의 마음은 수시로 바뀌며 희비가 쫓아온다.

여하튼 비행기를 타거나, 공항에서의 차 한잔을 마시는 일도 짧은 이벤트가 된다. 공항 특유의 향을 느껴본 사람은 알 것이다.

공항은 세계 어디든 떠날 수 있는 장소로 마음만 먹는다면 아침은 한국에서, 점심은 일본에서. 저녁은 파리에서 먹을 수 있는 시대이다.

또한 누구와 동행하느냐? 도 중요하다. 때론 친구들도 연인들도 좋지만, 혼자 떠나는 여행 또한 매력적이다. 자주 육지를 오가는 나는 요즘 비행기를 자주 이용한다. 그때마다 다른 감정과 기분으로 비행시간을 즐기게 된다.

비행기가 착륙하고 내리는 공항과 비행기가 이륙해서 내리는 공항의 분위기도 사뭇 다르다. 이러한 감정의 일어남이 이렇게 장소에 의해서 변화되는 것을 보면 참 신기하기도 하다.

공항, 어디론가 떠나는 자유로운 곳이라는 시선으로만 바라보지 않기를, 하지만 그곳에서 자기만의 여유와 힐링의 시간을 보낼 수 있길 바라본다. 공항, 매력적인 곳임에는 틀림이 없다.

건조기

건조기

오늘도 난 네모난 통 안에서 돌고 돌며 온몸의 습기를 배출하고 있다. 계속 돌다 보면 서로 얽히고설키며 누가 누군지를 분간할 수가 없다.

예전이 좋았다. 볕이 좋은 날 우리는 가는 줄에 의지해 매달려서 틈틈이 불어오는 바람도 맞고, 포근한 햇살에 몸에 찬 습기를 제거하던 시절,

세상이 편리해졌다지만 난 가끔 옛날 그 시절이 그립다. 요즘에는 미세먼지들도 한몫을 하기 때문에 밖에 나가서 노는 것은 엄두도 낼 수가 없다.

지금 마루에 있는 건조기는 몇 시간 째 돌고 있다. 간간이 들리는 돌아가는 소리는 또 다른 소음이 되고 있다. 하지만 더욱 그리운 것은 햇살에 말린 포근함이다. 그 포근함을 느낄 수 없다는 점은 정말 아쉬운 잊혀짐이 되고 있다.

그리고 건조기를 제대로 청소하지 않으면 곰팡이 냄새가 옷에 베어 불쾌감을 주기도 한다.

비싼 돈을 주고 구입한 건조기가 생활에 도움은 되고 있지만 이러한 단점들을 함께 가지고 있다. 예전에는 이런 고민 따위는 없었다. 비를 맞아도 쾌쾌한 냄새 따위는 없었기 때문이다.

하지만 요즘은 오히려 냄새를 없애기 위한 온갖 향을 판매하기도 한다. 우리는 향을 사다 옷에, 수건에 넣어 함께 세탁하기도 한다. 베인 향을 맡으며 우리는 부드럽고 좋다고 말한다.

이 얼마나 어리석은 행위인가? 세상이 우리를 변화시키는 것일까? 우리가 세상을 바꾸고 있는 것일까? 가끔은 생각하지 않는 기계처럼 행동할 때가 많다.

건조기 안에서 뜨거운 온도를 참으며 급건조되는 자신들이 비참할 것이다. 누구에게도 푸념할 수 없는 상황에 놓여 진 그들을 바라보며 우리를 본다. 건조기 앞에 앉아 유리 너머 돌아가는 모습을 바라보며 어쩌면 우리 또한 '누군가의 조종 속에 살아가는 반주체적인 존재가 아닐까?' 생각해본다.

감사한 하루

감사한 하루

어제 점심때 충남에서 아이들이 있는 분당으로 다시 올라왔다. 남편은 반 차를 냈다. 저녁에 출발하면 고속도로에 차가 막히기 때문이다. 우리는 서둘러 차에 올라탔다. 안전벨트를 매는데 좌측 홀더 안에 생수와 아메리카노가 준비되어 있었다. 내 취향을 아는 남편의 세심한 배려에 감사했다.

"고마워"

그 말에 작은 미소로 답을 한다. 운전대를 잡은 남편은 신나게 달린다. 그런데 어느 순간, 신랑이

"의자를 재끼고 편하게 자"

라는 말이 자꾸 들린다. 아침에 세종도서관 강의로 일찍 일어난 덕분에 나는 고개를 숙이고 졸고 있었나 보다. 나도 모르는 사이에 잠에 취해 졸고 있었고, 남편은 홀로 운전을 하고 있었다. 미안하다는 생각은 했지만, 소용이 없었다. 잠시 휴게소에 차를 세웠을 때 나는 정신을 차리기 위해 화장실에도 들리고 바람을 쐬었다. 다시 차에 올라타고 달리는 차 안에서 다시 졸고 있는 나, 어느새 남편이 카페 앞에 차를 세

우고는 나를 깨운다.

"얼른 가서 주문하고 와요?"

내가 좋아하는, 마시면 온몸의 세포가 깨어나는 극약 처방인 블랙 필 카페라테, 나는 바로 주문하러 내려야 했다. 차를 도로변에 세운 터라 혼자 내려야 했다. 카페 안은 주문량이 많아 기다림이 지체되었지만, 간신히 주문한 음료를 들고나왔다.

차에 올라탄 나는 빨리 음료를 휘젓고는 한 모금을 들이켰다.

"이제 정신이 들어?"

남편이 웃으며 말한다. 정말 신기하다. 마치 중독자처럼 이 음료를 마시면 온몸의 세포가 피어나듯 활기를 찾는다. 그래서 남편이 하루에 한 잔 이상 마시는 것을 싫어한다. 이미 중독자라는 딱지를 붙이고는 몸에 좋지 않다고 나를 설득하곤 하는 음료이다. 그래도 이렇게 시켜 주는 것을 보면 내 모습이 어쩔 수 없었나 보다. 소소한 일에 감동을 받는다. 이처럼 행복은 작은 배려에서 품어져 나오는 듯하다. 누군가를 배려해본 사람은 알 것이다. 그 기쁨과 배려할 수 있다는 감사함을 말이다. 이번에는 내가 그 배려를 받아서 편하게 분당까지 도착했다.

젊었을 때는 싸우는 일도 종종 있었는데 이제 중년이 되니 삶을 대하는 태도가 바뀌는 것을 느낀다. 그래서 나이 듦이 이런 것인지도 모르겠다.

나는 지금의 나이가 참 좋다. 젊은 시절은 인생을 모르고, 현재는 생로병사를 겪어 본 터라 조금은 삶을 바라보는 시야가 달라졌음을 느낀다. 그 속에서 나를 바라보고, 세상을 대하는 삶의 철학이 만들어지는 것 같다. 내 인생의 가장 젊은 날인 오늘, 살아 있음에 감사한다.

점점 나이 듦을 육체로도 느껴지지만, 싫지 않다. 점점 허약해지고 늘어지는 피부여도, 마음에 여유가 생기는 지금이 참 좋다. 하나를 내어주면서 더 가치 있는 하나를 얻는 것 같다.

일찍 눈이 떠진 오늘, 지금 시간 새벽 다섯 시, 노트북을 켜고 글을 쓰는 내가 좋다. 행복하다. 그리고 감사하다. 아직 바라볼 수 있는 눈과 자판을 두들길 수 있는 손이 자유로워서, 참 감사한 하루의 시작이다.

간질간질

간질간질

봄 향기에 취할 때 코끝이 간질간질할 때가 있다. 지금은 엄동설한, 한겨울이다. 벙개 모임으로 회원들끼리 모임이 있었다. 어린 아이들 마냥 하하호호 웃으며 글쓰기 시간을 보냈다. 그런데 맞은 편에 앉아 있던 회원의 컨디션이 조금 좋지 않다고 하더니 콧물을 푼 휴지들이 책상 위에 널브러져 있었다.

밖은 간간이 하얀 눈송이가 바람에 흩날리고 있었다. 거실에는 북적거리는 사람들 덕에 온기가 가득했다. 더구나 따뜻한 차와 커피가 온기를 더해 주었다.

절기상 대한이 가까워지고 있다. 한 치의 흔들림이 없이 절기가 기가 막히다는 생각이 들었다. 옷을 따뜻하게 입고 나갔지만, 찬바람이 온몸을 휘감아서 그런지 다음 날 아침부터 코가 간질간질거린다. 그러더니 콧물이 흘러내린다. 아뿔사! 그 친구 콧물 닦은 하얀 휴지가 떠 올랐다.

항상 감기 기운이 있다고 하면 초기에 약을 챙겨 먹는 타입이라 집안에 약봉지를 찾아보았다. 아무리 찾아보아도 먹던 약이 없었다.

마침 책을 입고하러 가야 했고, 작은 도서관 사서도 만나러 가야 하는데 병원에 들릴 시간이 빠듯했다. 그래서 볼 일을 최대한 빨리 보고는 병원으로 가서 약만 타고 왔다.

집으로 돌아온 나는 얼른 약을 먹고, 줌 수업에 들어갔다. 말을 하는데 자꾸 콧물이 흘러내리고 코점막이 간질간질거렸다. 뜨거운 물에 홍삼차를 타고 수업에 임했다. 홀짝홀짝 마시며 수업을 진행하는데 어느 순간 약 효과가 났는지 콧물이 멈추었음을 알아차렸다.

다행이다는 생각에 그 친구를 생각하며 친구는 감기가 나았는지, 몸은 괜찮은지 걱정이 되었다. 마침 톡으로 차 마시자는 문자에 웃음이 '피식' 난다.
'잘 살아있군!'
지난 생일이지만 맛난 커피를 산다는 동생이 참 고맙다. 투정 부리는 모습도 귀엽고, 열심히 사는 모습도 기특하다.

간질간질 누군가 찾아와 흔들어대면 정신없이 혼돈스

럽다. 그렇지만 멈추어 다시 제정신을 차리면 우린
미소 짓게 된다.

버킷리스트

버킷리스트

글쎄, 이런 버킷리스트를 적어두는 것이 의미가 있을까? 5분 후의 일도 모르는 것이 우리의 삶인데. 사실 이런 버킷리스트를 쓰는 일이 식상하게 느껴지는 편이다.

그럼에도 불구하고 한 번 적어보련다. 우선 난 올해 세 편의 에세이를 출간할 계획을 가지고 있다. 1편은 이미 완성 단계에 있다. 그동안 조금씩 써 둔 꼭지들을 모으면 충분히 낼 수 있을 것 같다. 중요한 것은 교정 교열에 신경을 많이 쓸 예정이다.

내가 쓰고 싶었던 이야기들, 말하고 싶었던 마음속 목소리를 독자들과 함께 하고 싶은 것이 나의 첫 버킷리스트가 될 것 같다.

그다음에는 내면의 이야기와 소통하기 위한 나만의 공간에서 나와 만나는 책들과 함께하는 시간을 갖고 싶다. 책과 함께하고 나면 언제나 충만한 열기를 건

내주는 소중한 친구들이다. 몇 권을 읽는다는 것은 나에게 의미가 없다. 1권을 읽더라도 제대로 읽고 싶기 때문이다.

그리고 사랑하는 가족들과 여행을 떠나고 싶다. 더 늙기 전에, 함께 생각을 공유하고 팔짱을 끼고 걸으며 서로에게 부담을 주지 않을 수 있기 때문이다. 시절마다 하는 여행의 의미는 다르게 다가온다. 자식이라는 이름으로 우리에게 왔지만 인간 대 인간으로 성인으로서 함께 여행을 하며 그들을 더 알고 싶기 때문이다.

그리고 마지막 나의 사랑 하나가 남아 있다. 나의 사랑을 위해 맘껏 사랑하며 표현하고 속삭여주고 싶다. '그동안 나의 곁에서 너무도 큰 사랑을 주었노라고' 말한 캐나다 화가인 모드 루이스 이야기처럼 너무 늦지 않길 바란다. 우리에게 간절한 건 사랑할 시간이라고 말한 라 비앙 로즈의 에디트처럼, 죽도록 사랑하길 바란다.

지금, 이 순간 너무 행복하다. 글을 쓰다 보니 눈이 부신 하루하루가 펼쳐지는 듯하다. 인생은 우리 자신이 만들어가는 것이듯 후회하더라도 하고 싶은 것들에 도전하는 삶을 살아보길 바란다.

새로움에 관심이 많은 세상

새로움에 관심이 많은 세상

에스프레소 잔에 앙증맞게 담겨 내 앞에 놓인 너를
바라본다.
너를 마시기엔 아쉽다는 생각에 렌즈 속에 담아내어
본다.
겉모습은 달콤한 사랑을 보여주고 있지만
마음속 짙은 쓸쓸함은 고통의 찐 사랑을 담고 있구
나!
조심스레 너를 쥐고 입가로 가져간다.
코점막으로 흡입되는 네 향이
입안에 담고 있는 원두의 쓴 향을 희석시켜 준다.
그렇게 서로 다른 이들이 어우러져 또 다른 향을 만
들어내는 너는 인기도 많더구나!
너희들도 홀로 존재하지 않는구나!
서로 섞이거나 첨가되어 새로운 모습으로
탄생 되어 존재하고 있구나!
새로움에 관심이 많은 세상
오래도록 즐겨 마시는 것보다
업그레이드되며 태어나는 너희들의 세상은
우리의 세상과도 닮아있구나!

1cm, 너와의 신경전

1cm, 너와의 신경전

매일 반복되는 일상 속 늘어나는 것은 체중. 나이와 함께 채워지는 체지방이 오늘따라 유난히 돋보이는 이유는 무엇일까?

언제부터인가 바지 뒷부분이 고무줄로 된 바지만을 구입하고 입게 된다. 편안함을 추구하는 부분도 있지만 늘어나는 뱃살이 원인이다.

갱년기에 나타나는 호르몬에 의한 변화 중 체지방 증가는 젊은 날 비만과는 다르다. 내 경우, 마음만 먹으면 살을 빼는 일은 그리 어려운 일이 아니었다. 그런데 갱년기에 들어선 이유로 눈 깜짝할 사이에 불어난 복부지방은 처치 곤란이다.

그동안 입었던 옷들이 맞는 옷이 없다. 옷장의 옷들을 바라볼 때마다 뱃살을 1cm만 빼면 입을 수 있다는 희망으로 체중조절을 해 보지만, 예전과 같지 않다.

밥을 많이 먹는 편도 아니다. 식탐이 있어 먹는 스트레스를 받는 타입도 아니다. 호르몬의 기능이 참 신기함을 느끼는 요즘이다.

바지를 입을 때 1cm의 차이는 엄청난 차이를 가져온다. 옷을 착장 했을 때 핏에서 오는 차이가 한 끗 차이를 가져온다. 그리고 착장 시 복부가 편안해야 옷과 한 몸이 되어 움직이게 된다.

생활 속 1cm의 차이는 크다. 작은 너는 하루에도 왔다 갔다 하면서 나와 신경전을 벌인다.

정리

정리

제자리에 있던 너는
자신을 허용해 준 대가로
길을 잃고 헤매다
아무 곳에 둥지를 튼다.
낯선 곳에서 선잠을 자고
낯설음에 홀로 눈치를 보게 되더라.
이곳까지 데리고 온 주인은
관심조차 없다.
오히려 우리들을 뒤섞으며
혼돈 속으로 빠트린다.
그러다 만난 어떤 친구는
다정한 주인 덕분인지
잘 정돈된 자리에서 편안해 보이는 모습이
사뭇 부럽기만 하다.
게으름이 누적되면
해야 할 일들이 산더미가 되어
결국 어찌해야 할지 모르는 상황에 놓이게 된다.
부디 주인이 우리를
포기하는 상황이 오지 않기를 바라본다.

수건을 개다가 문득 나를 본다

수건을 개다가 문득 나를 본다

처음 태어날 때 너도 나처럼 부드럽고 향긋했다. 매끈한 피부처럼 거칠지 않았다. 내 앞에 놓인 너희들을 바라보다 보니 문득 나를 보는 듯하다.

나도 태어나면서 귀하게 대접을 받았다. 그러나 성장할수록, 네가 세월의 시간을 먹을수록, 우리는 우연의 일치처럼 닮아있다.

근육이 자유롭지 못한 사람처럼 빳빳해지고 중간중간 골절이 자유롭지 못하듯 구멍도 나 있다. 그렇게 하찮은 존재 같아도 버려지지 않는 것을 보면 쓸모가 어딘가에 있다는 생각이 든다.

간혹 운이 좋으면 우리는 병원이나 요양원에서 지내기도 하지만 때론 노숙자가 되어 길을 헤매기도 한다.

너희들도 멍들고 덧칠해지고 더 이상 쓸모가 없어지

면 갈기갈기 찢겨 지거나, 걸레로 바닥을 닦는 용도로 변하기도 한다.

걸레의 역할도 못하게 되는 날이 오면 죽음을 앞둔 우리처럼 이별을 준비해야 한다. 하지만 이별을 준비할 시간조차 주어지지 않는 너희들의 운명은 쓰레기 버리듯 버려진다.

햇살이 포근한 어느 봄날, 어머니는 하얗게 빤 너희들을 햇살 아래서 말리셨다. 그리고 마른 너희들을 걷어내어 정성껏 각지게 개어 놓아두었다. 그 시절 너희들에게서 나는 향은 지금은 맡을 수가 없다.

하지만 요즘은 눈이 오고 비가 와도 빨래는 돌아간다. 건조기에 넣어 빙빙 돌아가며 정신없이 얽히고설키며 고온에 데워진다. 감자 찌듯이 푹 쪄지면 건져내어 개어 놓는다.

건조기에서 갓 꺼내진 너희들 앞에 앉아 너희들을 바라본다. 그 시절 향긋한 향은 사라진 지 오래다. 바람에 흩날리다 잠깐 와서 앉았다 가던 꽃향기도, 햇살의 포근함도 맡을 수가 없다.

오히려 찌든 냄새만이 반복되는 빨래의 순환 속에서

누적되어 축적될 뿐이다. 그 쾌쾌한 냄새 앞에서 오늘도 난 기계처럼 너희들을 개고 있다.

그 시절 어느 봄날 보았던 어머니가 개어 놓은 너희들이 그립다.

불청객

불청객

어느 날 대지 위 하얀 눈이 덮히듯
예고 없이 찾아온 불청객이
마음에 비수처럼 꽂혀 숨이 멎을 때가 있다.
오히려 하얀 세상이 따뜻해 보이기도 하지만
그 따스해 보이는 것은 착각이고 어리석음이었음을.
결국 시린 손이 얼어붙듯
점점 온몸이 얼음 왕국 안에 갇혀 버린다.
순간 무지의 혼란 속에서
가슴을 움켜쥔 채 과호흡을 한다.
삶은 순간의 연결이다.
그 연결의 줄을 타고 명을 이어가는
가엾은 존재들의 세상.
인연은 어느 순간,
예고 없이 끊어진다.
하얀 눈이 순식간에 녹아내리듯.

소통한다는 것의 의미

소통한다는 것의 의미

아침에 일어나 수업 준비를 한다. 비대면 수업이라 준비가 번잡하지 않다.

얼굴을 씻고 옷을 갈아입은 후 주방으로 향한다. 정수기 앞에 있는 작은 항아리처럼 생긴 유리병 안에는 6년근 홍삼액. 그 옆자리에는 꿀이 있다. 잊지 않고 챙겨 먹기 쉽게 시야에 들어오는 자리에 챙겨 놓았다.

하얀 머그잔에 홍삼 반 스푼을 떠서 올려놓는다. 그리곤 정수기 온수를 누르면 자동으로 녹여지며 투명한 물이 갈색을 띠기 시작한다. 원래는 홍삼액만 마시는 편이지만, 오늘은 꿀도 한 방울 첨가해 본다.

머그잔을 들고 한 모금 마셔본다. 입안으로 흡입된 홍삼 물은 기도를 향해 들어가며 온몸에 온기가 퍼져 나간다.
'아, 좋다.'

겨울이라 찬 기운 때문인지 몸을 휘감는 온기가 싫지 않다.

홍삼 한 잔이 나에게 준 선물이 되어주는 아침이다. 조심스럽게 손에 쥐고 강의하는 아들 방으로 들어간다. 시간이 30분 정도 남아 있다.

노트북을 켜고 모닝 페이지를 쓰기 시작한다. 아침에 일어나 글을 쓴 지, 서너 날이 된 것 같다. 기분을 좋게 하는 힐링의 시간이 되어 주고 있다. 홍삼차 한 모금을 마시며 생각을 꺼내 놓고 있다.

소통은 꼭 사람과 하는 것은 아닌 것 같다. 이렇게 누군가와 어떤 사물과 또는 보이지 않지만 느껴지는 감정과도 할 수 있다는 것을 다시 한번 느낀다.

이러한 소통의 시간은 나에게 오히려 쉼의 시간과 여유의 마음을 생성하는 하나의 연료가 되어 주고 있다.

우리는 살아가면서 무엇에서 에너지를 얻고 무엇에서 에너지를 소비하는지에 대해 자신을 잘 살필 수 있어야 한다. 그래야 충만한 삶을 지향할 수 있기 때문이다.

한바탕

한바탕

지난밤 세찬 바람에
온 가족이 산산조각이 났다.
행복했던 여린 꽃잎들이
한 장 한 장 뜯겨나갔다.
강한 바람도
여린 잎을 찢어내 진 못했나 보다.
부드러운 잎이 춤을 추며
바람의 방향을 거역하지 않음을 어떻게 알았을까?
흩날리는 대로
한 몸이 되어 한바탕
춤판을 벌이곤
다시 붉은 미소 지으며 모여든다.

빨래

빨래

오늘도 난 네모난 통 안에서 돌고 돌며 온몸의 습기를 배출하고 있다. 계속 돌다 보면 서로 얽히고설키며 누가 누군지를 분간할 수가 없다.

예전이 좋았다. 볕이 좋은 날 우리는 가는 줄에 의지해 매달려서 틈틈이 불어오는 바람을 맞고, 포근한 햇살에 몸에 찬 습기를 제거하던 시절,

세상이 편리해졌다지만 난 가끔 옛날 그 시절이 그립다. 요즘에는 미세먼지들도 한몫을 하기 때문에 밖에 나가서 노는 것은 엄두도 낼 수가 없다.

지금 마루에 있는 건조기는 몇 시간 째 돌고 있다. 간간이 들리는 돌아가는 소리는 또 다른 소음이 되고 있다. 하지만 더욱 그리운 것은 햇살에 말린 포근함이다. 그 포근함을 느낄 수 없다는 점은 정말 아쉬운 잊혀짐이 되고 있다.

그리고 건조기가 제대로 청소되어 있지 않으면 곰팡이 냄새가 우리에게 베어 불쾌감을 주기까지 한다.

비싼 돈을 주고 구입한 건조기가 생활에 도움은 되고 있지만 이러한 단점들을 함께 가지고 있다.

예전에는 이런 고민 따위는 없었다. 비를 맞아도 쾌쾌한 냄새 따위는 바람에 흩어져 사라졌기 때문이다.

하지만 요즘은 오히려 냄새를 없애기 위한 온갖 향을 판매하기도 하기 때문에 우리에게 향을 사다 넣어 함께 세탁하기도 한다. 우리에게 베인 향을 맡으며 사람들은 부드럽고 좋다고 말한다.

이 얼마나 어리석은 행위인가? 세상이 인간들을 변화시키는 것일까? 인간들이 세상을 바꾸고 있는 것일까? 가끔은 생각하지 않는 기계처럼 행동할 때가 많다.

건조기 안에서 뜨거운 온도를 참으며 급건조되는 우리는 비참하다. 누구에게도 푸념할 수 없는 상황에 놓여진 우리들을 바라보며 사람들은 무슨 생각을 할까?

건조기 앞에 앉아 유리 너머 돌아가는 모습을 바라보며 어쩌면 우리 또한 '누군가의 조종 속에 살아가는 반주체적인 존재가 아닐까?' 생각해 본다.

본질

본질

타고난 색을 지워버렸다.
화려함이 사라지고
또 다른 분위기의 향기를 내뿜는다
본질이 무엇인지 헷갈린다.
그래,
본래란 없는 것인지도 모르겠다.
인간의 손에 의해 칠해지고 덧칠해지며
상상 속에서 창조해 내는 세상이다.
그러니
연연해하지 말아야겠다.
컬러든 흑백이든
그대로의 모습으로
보이는 그대로
의심 없이
그 자체를 바라보자.

배움 '풍요'

배움 '풍요'

요즘 들어 배운다는 것이, 배울 수 있다는 것이 얼마나 큰 행복인지 느끼는 시간이 많다. 예전에는 배우고 싶어도 주변 상황으로 인해 포기하거나 희생해야 하는 것이 또 그 시절 상황이었다.

하지만 요즘은 마음만 먹으면 얼마든지 돈을 들이지 않고도 배울 수 있는 길은 열려있는 시대가 되었다. 소셜미디어의 혜택이라고 할 수도 있겠다. 다양한 매체를 통해 자신이 원하는 것들을 검색하고 배경지식을 쌓을 수 있기 때문이다.

우리는 배움의 방법이 다양한 시대에 살고 있다. 배움의 길도 여러 길이 존재한다. 중요한 것은 우리의 집념과 마음가짐이라고 생각한다.

주어진 상황과 처지에 낙담하고 누구의 탓을 하는 것은 핑계에 불과하다. 그러한 상황과 처지를 벗어날 수 있는 길 또한 배움이기 때문이다.

고전, 각종 도서 등 오디오북이 나오면서 청각이 약하거나 난독증 등이 있는 사람들에게도 많은 기회가 주어지고 있는 시대이다.

그러함에도 불구하고 우리는 배움에 게으름을 피우거나 바쁘다는 이유로 소홀해지는 경향이 짙다.

배움에서 오는 풍요로움은 그 어떤 열매보다 값지다는 사실을 아는 이들은 배움을 게을리하지 않는다.

그렇다. 세상은 넓고 모르는 것들은 많다. 우리는 아는 만큼 세상을 보고 판단한다. 그러니 더욱 깊고 넓게 제대로 세상을 바라보기 위해서도 배움은 계속되어야 한다.

인간은 원래 불완전한 동물이기에 그 부족함을 배움으로 채워갈 수 있어야 한다. 그 속에서 우리는 지.덕.체를 키우며 건강한 삶을 살아갈 수 있다고 생각한다.

너의 아름다움에 취해

너의 아름다움에 취해

바라보기만 해도 기분이 좋아지네.
넌 참 좋은 재주를 가지고 있구나!
네가 어떤 마음과 사유를 하는지도 모르는데
많은 이가 네 모습에 다가가 쓰다듬는다.
가까이 다가가 보니
시들어 축 처진 채
가엾은 모습을 하고 있는
네 몸둥이의 아픈 상처들이
보인다.
너의 아름다움은 내 마음에서
일어난 포말과 같은 감정이었구나!
너도 아픔을 이겨내고며
그 자리에 앉아 있었구나!

커피 '좋은 사람에게는 향기가 있다'

커피 '좋은 사람에게는 향기가 있다.'

누군가와 만남의 시간에 항상 동석하는 커피란 친구. 그는 향을 머금고 주위 사람들의 코점막을 현혹시킬 만큼 매력적인 녀석이다.

하지만 그 녀석은 태어나 뜨거운 불에 구워지고 파쇄 되거나 갈아냄을 견디어 세상 밖으로 걸어 나온다. 처음과는 전혀 다른 얼굴로 태어나는 것이다.

볶아지는 시간에 따라 맛이 달라진다. 그래서 사람들 에게 다양한 맛을 즐기도록 자신을 내어준다. 자신이 지닌 풍미를 지키기 위해 아픔과 고통을 참아내며 우 리와 마주하고 있는 것이다.

우리는 존재하는 현재의 상태만을 바라보며 상대를 평가하는 경향이 있다. 누군가 성공을 하게 되면 '그 는 원래 잘했어'라고 판단을 한다. 커피가 우리 앞에 서 짙은 향을 뿜어내기 위해 수많은 과정을 거치고 이겨내며 인내하는 그 고통은 보지 못한다.

우리는 마지막 결과물과 마주하는 것이다. 타인의 삶을 다 알 수 없기 때문에 함부로 평가하고 재단해서는 안 되는 것이다. 그래서 누군가 작은 기쁨을 누릴 때에 옆에서 함께 축복해 줄 수 있다면 좋겠다.

커피라는 친구도 장소에 따라 외면을 받기도 하고 가격에 따라 등급이 매겨지는 수모를 당한다. 똑같은 가지에서 태어나 서로 다른 성장 과정 속에서 그들도 인간의 신분제도처럼 급이 다른 차별을 받고 있다.

그러다 정직한 주인을 만나는 행운이 주어진 친구는 아주 맛있고 매력적인 향을 지닌 자기만의 개성 있는 커피로 태어나기도 한다. 그렇다. 우리는 살아가면서 누구를, 무엇을, 어디서, 어떻게, 만나느냐에 따라 달라질 수 있다.

좋은 사람들은 향기가 있다. 풍미가 좋은 커피는 향이 깊다. 하지만 그런 향을 품기 위해 그들은 그들만의 고집과 철학을 지켜내었기 때문일 것이다.

오늘 여러분은 어떤 커피를 만나셨을까요?
커피는 오늘 어떤 사람들을 만나고 있을까요?

부서지는 흙처럼

부서지는 흙처럼

한순간, 가슴이 무너져 내렸다. 살아야했다. 살아내야 했다. 그래서 오늘도 변함없이 신영은 신발을 벗은 채 숲길로 뛰쳐나왔다. 숲길은 항상 발끝을 자극하지만, 그 자극은 신영의 심장을 어루만져준다. 촉감이 주는 거친 느낌이 오히려 마음을 에이는 아픔보다 시원했다.

매번 반복되는 일상은 숨통이 트일 때가 없었다. 가족이라는 이름으로 노예처럼 부리는 아버지, 마약중독이 되어 자신을 파괴하는 어머니, 그리고 작은 영혼 어린 동생 사라가 숨 쉬는 공간, 그곳이 바로 신영 가족의 모습이다. 신영이 집으로 다시 찾아 들어가는 이유는 단 하나. 어린 동생 사라가 걱정되었기 때문이다.

신영은 숲속에서 종일 걷다 보면, 정화된 마음으로 집 안으로 들어가곤 했다. 그동안 어린 사라는 소굴과 같은 집안에서 무엇을 하고 있는지 걱정할 여력 따위는 신영에게 없었다. 자신이 살아내야 했기에, 숨을 쉬기 위해 달려 나가 긴 호흡으로 진정하고 다시는 들어가고 싶지 않은 소굴 속으로 들어가는 것이었다.

그것은 신영이 살아가는 한 방법이었다. 신영의 주위에는 친구도 친척도 없었다. 오직 어린 영혼 사라만이 짐짝처럼 존재할 뿐이다.

신영은 숲속에서 흙을 만지며 흙처럼 부서지고 싶은 감정이 올라올 때가 많았다. 엄지와 검지 손가락으로 검은 흙을 쥐고 비비던 어느 날, 손가락 사이로 뭉쳐진 흙이 가루가 되어 사라지는 순간 이상한 쾌감이 있었기 때문이다.

그 이후로 신영은 자꾸 흙을 만지곤 했다. 덩어리를 쥐고 조금만 힘을 주면 무너져 흩어지는 모습이 어떠한 힘도 없는 마치 나약한 자신과 같아 보였을까?

그 순간마다 흙이 되고 싶었다. 평온해 보이는 숲속에서 새들과 숲속 동물들과 호흡할 수 있는 시간이 신영에게 오롯이 자신에게 집중할 수 있는 시간이 되어 주었다

에필로그

이 책은
1일 1 주제 글쓰기를 한 내용을 엮어서
세상에 나오게 되었습니다.
다양한 주제로
한 권에 쉰다섯 편의
짧은 에세이와 시를 담았습니다.

제시어를 생각하며
글이라는 매체로 표현하는 일은
제게 힐링과도 같은 경험이었습니다.

하나의 주제를 만날 때마다
다시 태어나는 기분이었으며
세상을 다른 시각으로 바라보게 했습니다.

이 책을 만나는 누군가도
새로운 관점의 삶을
바라볼 수 있길 기대해봅니다.

고영희, Sapiens

花樣年華